一看就明白

《西游记》

作家出版社

　　"四大奇书",是指明代的四部通俗长篇小说:《三国志通俗演义》《忠义水浒传》《西游记》和《金瓶梅词话》。奇书之称,较早见于明代屠隆《鸿苞·奇书》,"奇书"主要指文言小说。明末张无咎《批评北宋三遂新平妖传叙》,称通俗小说"可谓奇书"。清初顺治庚子(1660),西湖钓史于《续金瓶梅集序》谓:"今天下小说如林,独推三大奇书,曰《水浒》《西游》《金瓶梅》者,何以称夫?《西游》阐心而证道于魔,《水浒》戒侠而崇义于道,《金瓶梅》惩淫而炫情于色,此皆显言之、夸言之、放言之,而其旨则在以隐、以刺、以止之间。唯不知者曰怪、曰暴、曰淫，以为非圣而畔（叛）道焉。"

　　康熙十八年（1679），李渔为醉耕堂《四大奇书第一种》（即毛纶毛宗岗评本《三国志演义》）作序，其中说："昔弇州先生有宇宙四大奇书之目，曰《史记》也，《南华》也，《水浒》与《西厢》也。冯犹龙亦有四大奇书之目，曰《三国》也，《水浒》也，《西游》与《金瓶梅》也。两人之论各异。愚谓书之奇当从其类。《水浒》在小说家，与经史不类；《西厢》系词曲，与小说又不类。今将从其类以配其奇，则冯说为近是。"弇州指王世贞，明代嘉靖万历年间人，冯犹龙即编辑"三言"等通俗短篇小说的冯梦龙，明万历时人。按照李渔的说法，王世贞首先发明了四大奇书的名目，但其中只有《水浒传》是小说，冯梦龙才用以统称四部长篇小说。李渔在两衡堂刊本《李笠翁批阅三国志》序言中也说过类似的话。李渔之后，"四大奇书"的说法逐渐流行而成俗惯之语。

　　清代以往，特别是到近现代，由于《金瓶梅》有"淫书"

之目，受到一些社会势力的抵制，而《红楼楼》行世后影响日增，表面上，《红楼梦》与《金瓶梅》又都是写家庭生活的"世情"或"人情"小说，《红楼梦》乃逐渐取代《金瓶梅》而跻"四大"之目。不过"四大名著"的说法，并未见之于正式著录，似乎是出版家们出于商业目的，把四部小说作为一套出版而逐渐约定俗成。特别是1949年以后，文学作品的出版成了国家行为，随着人民文学出版社推出这四部小说名著，"四大名著"之称乃日益普及。

当然，四大名著的确不愧"名著"，随着时代的演进，已经上升为文学经典和民族的文化瑰宝。二十世纪八十年代以后，根据四大名著改编的电视剧在中央电视台先后播出，更产生了巨大的社会影响。对四大名著的学术研究，也成了中国古代文学研究的重镇，每一部名著，都有相应的研究学会，各种研究论文和著作，都可谓汗牛充栋。进入二十一世纪，随着市场化、信息化时代到来，以四大名著为标榜的各种著作和社会文化活动等更是层出不穷。

四大名著中，我对《红楼梦》研究用功最深，已经出版相关著作多种。其他三本书，早年也写过几篇论文。收入《箫剑集》（山西教育出版社 2000 年出版）者，有研究《三国志演义》的四篇，研究《西游记》的一篇。其中《诸葛亮形象的文化意义》首发于 1986 年 11 月 18 日《光明日报》"文学遗产"第七一九期，复被选入《名家品三国》（过常宝、刘德广主编，张净秋选编，中国华侨出版社 2008 年出版），《自由的隐喻：〈西游记〉的一种解读》则入选《20 世纪〈西游记〉研究》（梅新林、崔小敬主编，文化艺术出版社 2008 年出版）。《浪子风流——〈水浒传〉与元曲文化精神脉络考索》发表于《水浒争鸣》第七辑（中国水浒学会主办，武汉出版社 2003 年出版）。

我曾主编六部古典小说"新评新校"系列丛书，山西古籍出版社 1995 年出版。其中我自己承担了《红楼梦》的评校和《封神演义》的校，另外三大名著和《儒林外史》的评校以及《封神演义》的评，则约请其他学者完成。后来给研究生开四大名著研究课程，逐渐对《红楼梦》之外其他三部书的学术研究史况，也有了比较深入的了解。而三晋出版社（原山西古籍出版社）要重新推出四大名著的评批本，并希望由我一人承担全部评批工作。由于时间紧迫，我只完成了《红楼梦》评批的修订和《三国志演义》《西游记》的评批，保留了陈家琪评批的《水浒传》，四大名著新评本乃于2012年问世。不过随后一年多，我即又先后完成了《封神演义》与《水浒传》的评批，只是尚未有出版机缘。

在评批的基础上，又升华出文章。自2014年始，于《名作欣赏》上旬刊陆续发表了有关《水浒传》《西游记》《三国志演义》的三个探秘系列，并把其中内容观点在一些讲坛做学术演讲，而颇受欢迎和好评。现在这本《四大名著经典要义》，就是这些系列文章的结集，当然又增加了有关《红楼梦》的部分（亦于《名作欣赏》上旬刊2018年各期发表）。

老实说，对这本书，我自己颇为得意。因为无论哪一部名著，都有新的发现发明，都是其他研究者基本上从来没有说过的。最得意的，是《水浒传》和《西游记》研究，"黄姓人"在《水浒传》里的艺术隐喻，对《西游记》思想艺术奥秘的种种新发现，此前从未有人道及。自以为解决了此二书聚讼多年公说公有理婆说婆有理的一些学术纷争，如《水浒传》是否肯定"忠义"价值，《西游记》是否只是"游戏之作"而"没有什么微妙的意思"，皆因我的文章而得出了答案，且自信能经得起历史检验。《三国志演义》的几篇，"帅哥"和"美女"是新作，其他三篇乃《箫剑集》中旧文新编。虽是旧文，其内容观点，也是独家提出，且迄今未被超越。"知遇之感""分合之韵""韬晦之计"，这些《三国志演义》的文化内涵，自以为搔着了该书痒处，与一般的常论不同。

至于《红楼梦》，自然奠基于我多年的红学研究心得，提出某些新见，也仍然是探佚、思想、艺术三位一体的立场和表述。在表达讲解方式上，这次也颇有新特点，即格外突出了"两种《红楼梦》"的对比讲解，从情节内容，到思想境界、艺术形式，都把曹雪芹原著与后四十回续书的差异做黑白分明的对照对讲，与我以往的红学著作相比，可能更有醍醐灌顶的直观效果。

对四大名著的读解，"经典"是关键词，它与"奇书"有某种同义。美国汉学家浦安迪（Andrew H. Plaks）教授在学术演讲录《中国叙事学》（北京大学出版社 1996 年出版）中提出了中国古典小说的"奇书文体"概念，其名著《明代小说四大奇书》（有国内中文版，生活·读书·新知三联书店 2015 年新版）又提出了"文人小说"概念。他说："我对这些'奇书'的见解是基于这么一个信念，即它们只有被看作是反映了晚明那些资深练达的文人学士的文化价值观及其思想抱负，而不仅仅作为通俗说书素材摘要时，才会获得最富有意义的解释。我相信，这几部小说的最完备修订本的作者和读者正是创作了独树一帜的明代'文人画'和'文人剧'精品的同一批人。所以，我不揣冒昧，也许言过其实地把这些小说称为'文人小说'。"——周汝昌先生曾对浦安迪"奇书文体"的说法极表赞赏推崇。我相信，我这本著作将能够给浦安迪教授此种立场和理解提供有力的支持，并使其深化。

无论四大奇书还是四大名著，它们的确都是"文人小说"，创造了独特的"奇书文体"，也可以说就是精英文学，虽然有一个通俗小说的外壳。这就与其他等而下之的明清通俗小说有了严格区别，可谓泾渭分明而神情风貌大异。无论是思想的深刻，还是艺术的高明，或者境界的超越，四大奇书，四大名著，再加上《儒林外史》《封神演义》等少数几本，都比其他明清通俗小说高出了不知凡几。它们是完全不同层次和量级的作品，不可同日而语。这就是经典的分量和价值。而只有"奇书"和"经典"，才有"精要"或"要义"可发掘，有"秘"可探。"精要"或"要义"和"秘"——其实是博大精深的中华文化。

因此，本书也体现了一种明确的学术立场，即不能完全赞成学界相当盛行的"世代累积型集体创作"说法，所谓："明代小说四大奇书《三国》《水浒》《金瓶梅》《西游记》并不出于任何个人作家的天才笔下。它们都是在世代说书艺人的流传过程中逐渐成熟而写定的。"（上海古籍出版社1997年出版徐朔方《小说考信编·前言》）目前研究界对此说的过分张扬和穿凿，已经产生了对几部文学经典"拆碎七宝楼台"而"不成片段"之解构和矮化的消极作用。无论《三国志演义》或《水浒传》或《西游记》，都曾有过故事情节的"世代累积"过程，有过民间讲说的历史流传过程，这毋庸置疑。但，同样要承认，而且要更加强调和重视，这三部小说的现存文本，都曾经由一位天才级别的文人才士予以最后写定，这种写定，是天才原创性质的，文学经典因此才得以出现，这一点不能怀疑，不容否定。无论小说作者是否名叫罗贯中、施耐庵、吴承恩，或另有他人，天才作者是确实存在的，不是乌有先生亡是公。《金瓶梅》同样如此。有天才作者，才有经典的文本。天才！天才！这是"四大奇书""四大名著"之所以能"奇"和"名"的根本所在。

　　表面看来，"世代累积型集体创作"与"天才文人创作奇书文体"，似乎只是对四大奇书、四大名著的具体学术定位有差异，其实，这种差异反映了更广泛更深刻更本质的治学方略分歧，它已经不局限于对中国古典小说的研究，而是涉及整个古典文学研究领域（也可以推广到全部文学艺术研究领域乃至其他学术研究领域）两种根本对立的学术研究的态度和立场。关键与核心所在，是对文学现象做学术研究的方略，究竟是考据、义理、辞章即史、哲、文三方面辩证结合，而"综互合参"（周汝昌语，非"综合互参"），还是把

"文献考据"绝对化，罔顾"义理"与"辞章"（也就是"思想"与"艺术"）的思辨与体悟，从而得出一些偏颇甚至完全错误的结论还自以为是？这个问题在四大奇书、四大名著的研究中格外突出。比如"红学"研究中关于脂批本与程高本的孰前孰后、孰优孰劣、孰真孰假的长期纠缠，就是典型的例子。

因为四大名著是"名著"和"经典"，其思想之高深、艺术之微妙非同小可，对它们做考据，研究者义理思辨和艺术感悟的素质能力之高低强弱也就成了一种重要的前提条件，脱离文本思辨和审美的单纯的文献考据往往会见木不见林而错会误判。而且，一个基本的事实是，古代小说的"文献考据"，由于"文献"本身的历史局限，带有各种复杂性和或然性，因此更不能把某些有限的、或然的看法或假说，某些一隅之见夸大成铁板钉钉的"结论"。对四大名著搞文献考据研究，能不能恰当地结合对文本的义理思辨和艺术感悟而"综互合参", 这一点非常重要!

　　谭帆等著《中国古代小说文体文法术语考释》(上海古籍出版社2013年出版) 中有"'奇书'与'才子书'考"一章, 其中说: "明末清初的文人以'奇书''才子书'指称通俗小说是有深意的: '奇书'者, 内容奇特、思想超拔之谓也; '才子书'者, 文人才情文采之所寓焉。故将小说文本称为'奇书', 小说作者称为'才子', 既是人们对优秀通俗小说的极高褒扬, 同时也是对尚处于民间状态的通俗小说创作所提出的一个新要求。""明中后期持续刊行的《三国演义》《水浒传》《西游记》和《金瓶梅》确乎是中国小说史发展中的一大奇观。在人们看来, 这些作品虽然托体于卑微的小说文体, 但从思想的超拔和艺术的成熟而言, 他们都倾向于认为这是文人的独创之作。""以'奇书''才子书'来评判通俗小说, 实则透现了一种独特的文化信息, 体现了文人对通俗小说这一文体的关注和评价, 这是文人士大夫在整体上试图改造通俗小说的文体特性和提升通俗小说文化品位的一个重要举措。"

　　因此，本书也鲜明地表现了我的治学个性和特点，可以概括为：悟证灵感迸发，论证展开阐释，考证补充完善。悟证、论证、考证三者齐头并进，相辅相成，而悟证和论证是本人的强项，考证则首先是一种借鉴式的宏观把握，具体的问题，往往需要时才查考比对资料而有意为之。我始终不是在"做论文"，而是在"写文章"，或者说在写"论笔"，这是我杜撰的一个词——随笔文章其形而有论文之实，突出"灵感""悟性"，也讲究"写文章"的"笔法"，而不呆板地标榜所谓"学术规范"，我的书文也因此有"可读性"。红学研究如此，其他古典小说研究如此，元曲、苏轼、佛教、道教研究也如此。得耶？失耶？是耶？非耶？说到本根上，中华文化是艺术型感悟型文化，不是科学型逻辑型文化，只用逻辑和"科学"，其实发现不了"四大名著"这些中华文学经典和文化经典之"精要"或"要义"和"秘"。

正是：

探秘方知经典奇，渔郎偷入武陵溪。

中华文脉千门户，梦觉雄鸣傲晓鸡。

2017 年 6 月 24 日于大连

目

录

我们常听人说，孙悟空的神通和本领后不如前，变小了。前七回的孙悟空，闹龙宫，闹地府，大闹天宫，所向披靡，最后太上老君用金刚圈，二郎神的哮天犬又偷袭，联合暗算，才被擒拿住而关到老君的炼丹炉里。可是七七四十九天以后，又从炉子里跳出来，打得天将们闭门闭户，无影无踪。那真是何等神通广大，武艺高强，所向无敌！可是到了西天路上，孙悟空独自降伏的妖怪却并不多，而总要请仙佛帮助。这自然有组织情节的写作需要，因为如果每一次遇到妖怪都轻而易举地战胜克服，那小说就没法写了。不过这也就留下一个口实，就是西天路上的孙悟空，好像本领变弱了、变小了，大不如前。

　　但如果深一点看，这个问题就耐人寻味，隐藏着文化的奥秘，也用了不少艺术的"秘密武器"。

一、天上的体制外与体制内

（一）老君和观音比法宝

　　我们从一个有趣的故事开始。孙悟空大闹天宫，十万天兵天将都不是对手，观音菩萨向玉皇大帝推荐了二郎神，和孙悟空棋逢敌手，把孙悟空包围了。这时，道教的首领太上老君和佛教的首领观音菩萨都站在玉帝身旁观战。观音说要帮助一下二郎神，准备用净瓶打孙悟空，太上老君说你那个净瓶是个瓷器，不如用我的金刚圈。这个情节有点幽默搞笑，但其中的意思却耐人寻味。那就是佛教和道教都在尽力帮助世俗政权镇压造反派。擒拿住了孙悟空，先是太上老君用炼丹炉烧，后来又是如来佛用五行山压，也是如此。在这里，孙悟空是体制外的造反者，玉帝、观音和老君是体制内的代表。

太上老君要在炼丹炉里烧炼孙悟空，是"奏"请玉帝允许后"领旨去讫"。如来佛用五行山压了孙悟空后，玉帝表示感谢，如来却说："老僧承大天尊宣命来此，有何法力？还是天尊与众神洪福，敢劳致谢？"玉帝可以"宣"如来佛前来救驾，虽然具体实行时用了"请"字，但如来知道那不过是礼貌和客气。如来的这一表率垂范作用，我们现在还在继承，不管多大的名人明星，最后都要作秀说自己取得一些成就不值得称道，应该归功于"领导和同志们"。这说明，如来和老君都是被领导的，领导是谁呢？就是玉帝，玉帝代表政权。

再看第一回，石猴出世，眼射金光，惊动了天宫，玉帝派千里眼和顺风耳下来查看。这就是政府在履行责任和职能，要关注社会的各种新动态，是否有威胁到社会稳定和政权稳定的情况发生，以便采取相应的措施。小说称呼玉帝为"高天上圣大慈仁者玉皇大天尊玄穹高上帝"，这一长串称谓，就是从中国皇帝的年号、尊号、谥号等模仿来的。玉帝就是中国历朝历代皇帝的天上化身，他手下的太白金星和托塔李天王，分别代表封建王朝的宰相和大将军，文臣和武臣的班首。在对待孙悟空这个体制外反叛者的问题上，文臣主张招抚，武将则主张镇压。

从意识形态来说，玉帝、如来和观音、太上老君，三教合一，分别是儒家、佛教和道教的代表。所谓"儒冠道履白莲花，三教原来是一家"，这是传统文化的三足鼎。玉帝虽然被道教列为尊神，其实在野史小说里，他是以儒家思想为主流意识形态的皇权的化身。

玉帝政权的国家意识形态，要治国平天下，就是君臣父子三纲五常等儒家思想。也就是说，在传统文化框架里，儒家是主导，佛教和道教只起辅助补充作用，学术上的说法叫儒道禅互补。

这就是天上的"体制内"，是中国千百年来封建王朝的神话版。可以这样概括：三教合一体制内，玉帝如来和老君。

（二）玉帝政权全力支持取经事业

我们知道去西天取经的事情是如来发起的，他说东土大唐的人作孽太多，不知道向善，需要教育改变，就派观音菩萨去东土寻找取经人来他这儿取佛经，回去教育人民改恶从善。为什么不自己送去呢？说送去的话就被人看轻了，不重视了，要派人历经千辛万苦来取回去，才能真正起作用。观音奉命而去，找来了唐僧，去长安的路上还招募了孙悟空、猪八戒、沙和尚，准备给唐僧做徒弟，将来保护他上西天，还让犯了死罪的白龙将来变成马给唐僧做脚力。这几个家伙都是犯了罪被贬被罚的。特别是小白龙，马上就要执行死刑了，观音就"撞上南天门里"去见玉帝，而"玉帝下殿迎接"，观音说明来意，玉帝立刻赦免犯了死罪的小白龙"送与菩萨"。后来观音在鹰愁涧向孙悟空许诺遇上困难"叫天天应，叫地地灵"。

这些情节说明一个问题，取经事业虽然是佛教发起的，却得到上到玉皇大帝，下到幽冥地府、四海龙王等从中央到地方各种政权鼎力支持。后来孙悟空遇上妖魔，不管到哪里求援，到处都热心提供帮助。特别是最高统治者玉帝那儿，孙悟空动不动就上天宫查档案，搬救兵，玉帝从来没有表示过怠慢，可以说是有求必应。如青牛精、黄眉怪这两个大魔头，天宫都派出天将助阵。降伏犀牛精也派出"四星"前往。甚至取经团队并没有提出要求，玉帝政权也主动关照，提供援助，如派李天王和哪吒去降伏牛魔王。玉帝代表的政权为什么对于佛教发起的西天取经事业，始终给予全心全意的大力支持呢？

这里面的深层意思，就是取经事业是为了弘扬"正能量"，教化众生去恶从善，从世界观上消灭想造反的不安定因素，构建宇宙的"安定团结"的"和谐社会"，从根本上就符合玉帝政权的利益。佛教是为玉帝政权做最重要的思想教育工作，是要从根儿上、从世界观、从意识形态上教育众生要一心向善，为政权的长治久安做贡献，玉帝政权当然要竭尽全力给予支持了。玉帝政权对取经事业的支持，有许多微妙的描写，而我们读《西游记》时可能不太注意。比如暗中保护唐僧的六丁六甲、五方揭谛、四值功曹，是玉帝派去的。十八伽蓝才是佛教的护法。也就是说暗中保护唐僧的诸神，其实玉帝政府的贡献比佛教的贡献大。第三十三回，玉帝就说过："前者观音来说，放了他保护唐僧，朕这里又差五方揭谛、四值功曹，轮流护持。"

再比如太白金星。大家注意了吗？唐僧走上取经路途遇到的第一伙妖魔，救他的是太白金星而不是观音菩萨，就是微妙的艺术安排。太白金星可以说是天庭支持取经团队的法人代表，不止一次给孙悟空通风报信，提供帮助，给取经人鼓舞士气。太白金星是最早去招安孙悟空的政府高官，是"老关系"，天蓬元帅猪八戒犯死罪也是他保奏免死的，所以委派他执行这项光荣的使命。

　　黄风岭的妖怪很厉害，太白金星变化成老人指点孙悟空去找灵吉菩萨降妖（第二十一回）。车迟国那些被道士迫害的和尚，对孙悟空说他们梦见一个老者说自己是太白金星，告诉他们孙悟空的模样，等孙悟空来救他们（第四十四回）。

　　西天路上最大也是最后一次严重磨难发生在狮驼国，回目就叫"长庚传报魔头狠"（第七十四回），刚走到一座高山前面，太白金星李长庚就变成一个银须老人来报信，孙悟空变成一个清秀的小和尚去应对，猪八戒接着也去向老人问讯。后来太白金星和孙悟空现了原身，太白金星说狮驼国的妖魔确实凶狠，你们要小心应对。孙悟空回答既然如此，那你回去和玉帝说借给我一些天兵天将帮忙。太白金星大包大揽："有！有！有！你只口信带去，就是十万天兵，也是有的。"但后面降妖，孙悟空却没有去天宫求援。这里面意思微妙：取经即将大功告成，太白金星是代表天宫，提醒取经团队及其组织者如来和观音：促成取经事业，政府出的力也不小，功不可没。

（三）体制内的孙悟空本领变小了吗？

大闹天宫时的孙悟空是体制外的造反者，但从五行山下出来后保护唐僧西天取经，他就成了体制内的护法者。到了体制内，孙悟空降妖擒魔，就不是突出他如何勇猛强悍，靠自己的神通武功克敌制胜，而重在表现他人脉广、关系多，到处都有门路有朋友，都能借助外力帮自己解决问题。但一般读者，也就会感觉西天路上的孙行者，不像以前的孙悟空本领大了，不如从前了。其实，组织社会的一套规则，和由此产生的各种关系，就是体制。要在体制内获得成功，主要不在个人的好勇斗狠，而在熟悉并利用规则和各种社会关系，有显规则，也有潜规则。

比如西天路上的妖怪有两类，一类是没有后台的野妖怪，另一类是有仙佛做后台的妖怪。前一类是体制外的，大多死于非命，典型的如碧波潭的万圣龙王，罪错不大而下场极惨。后一类是体制内偷跑出去的，大多在即将覆灭的关键时刻，后台出现，救走收回，如灵山的貂鼠、天宫的星宿、观音的金鱼和坐骑、文殊的狮子、菩贤的白象、弥勒的黄眉童子、老君的童子和青牛、太乙天尊的九头狮子、寿星的鹿、月宫的兔子、李天王的老鼠、龙王的外甥。后一类占了西天路上妖魔的大多数，就是隐喻体制内生存的真实情况。孙悟空早在做齐天大圣时，就"会友游宫，交朋结义"，与天上的星宿、海岛的神仙都建立了关系，后来闹天宫，其实也是不打不相识，"人脉"早就相当广泛。再加上西天取经是体制内的大事业，当然得到八方支持，这是显规则。另一方面，对那些有后台老板的妖怪，也必须网开一面，这是潜规则。

有一个情节表现仙佛界的"潜规则"极妙。就是太上老君的青牛下界为妖，用金刚圈把各种宝贝都套走了，孙悟空没了辙，直接去找如来佛，如来佛派十八罗汉用金丹砂和青牛斗法，金丹砂也被套走了，这时降龙、伏虎罗汉才告诉孙悟空，如来让他去找太上老君。为什么如来要先让罗汉输一阵，才说出青牛的主人是太上老君？难道如来真的拿青牛精没有办法？其实这就体现神佛界的潜规则，如来佛和太上老君分别是佛教和道教的最高首领，那是要彼此尊重的，如来让罗汉先输一阵，就是有意向老君示弱，表示佛教对道教的尊重，大家都在玩体制内的游戏。

（四）体制外比体制内更有自由的爆发力

孙悟空的本领好像后不如前的原因，还有另一种体制外和体制内的悖论。从体制外到体制内，意味着"自由的转型"。体制外具有体制内所欠缺的野性、欲望，生命的激情之火可能燃烧得更加旺盛。孙悟空保唐僧取经，是皈依了体制，也就在一定程度上削弱了生命的原创力，因为生命只能在规则中活动，不能为所欲为发泄到极致了。而那些西天路上的精怪，却成了野性生命自由欲望的象征，下界为妖的天宫神将仙佛坐骑等，也不再是为既定的秩序系统服务，而是在为自己的自由生命奋斗了，动物凶猛，生命的原创力获得了空前的张扬。孙悟空与妖魔正邪易位，从某种意义上说，本领也应该相形见绌，正如私营企业的活力，胜过公有企事业单位。这是一种"自由的悖论"，可以说体制外是"丛林法则"，体制内是"妥协的艺术"。这是"原始野蛮"和"文明教化"的区别，追根究底，是"心猿意马"的悖论，这一点后面详细说。

另外，就是神和魔其实相反相成，谁也离不开谁，因为神和魔本来是相对的概念，没有魔，也就谈不到神了，反过来也一样。西方神话里的撒旦，原是上帝的天使长。所以妖魔大多有神佛作后台，这是"体制"也就是社会结构本身就有的矛盾但也是常规。孙悟空必须放过那些从体制内逃逸出来的妖魔，让他们重新回归体制，这也是体制得以正常运转的要求。而对于体制外的妖魔，如果他们已经相当强大，有利用的价值，也要争取让他们能被体制招安，这样才能让体制获得长久的生命活力。孙悟空自己就是一个先例。黑熊精、红孩儿、牛魔王、大鹏雕，也是这样的例子。他们最后都被纳入了儒、道、佛互补组成的结构和系统，也就是被接受进"体制"，共同让体制更有活力地运转。这样，当然就不能简单地表现孙悟空总是所向无敌了。

总之，孙悟空本领的大小问题，实际上涉及体制外和体制内的区别。与闹天宫时的最大不同，就是西天路途中的孙行者，已经皈依佛门，保护唐僧去西天取经，已经从体制外的造反者变成体制内的护法者了。身份的性质改变了，他的本领表现方式也就发生了变化。

二、做英雄与做圣贤的目标不同

（一）孙悟空是做英雄

《西游记》前七回，写猴王出世，学本领，折腾发展奋斗，孙悟空的人生目标是做英雄。做英雄，就是要出人头地，与众不同，要显示自己的生命本能比其他人都更强悍。从石猴敢为天下先而跳进水帘洞，到萌生大志要超脱生死轮回，决心远渡重洋访道求仙并克服困难实践成功，都体现了顽强的生命意志和心理素质，也就是"英雄本色"。

有了神通本领之后，做英雄的冲动更加增强，因为有了本钱了。闹龙宫、闹幽冥、闹天宫，都是英雄壮举。最后面对如来佛时，孙悟空豪情四溢地宣称"皇帝轮流做，明年到我家"，要取代玉皇大帝。小说中有一首孙悟空自我表白的七言诗，最后说：

> 灵霄宝殿非他久，历代人王有分传。
> 强者为尊该让我，英雄只此敢争先。

人生目标是"强者""英雄"，说得直截了当。谁是最大的强者呢？那当然是地位和权力都至高无上的宇宙统治者玉皇大帝了——也就是人间皇帝的神话版。这是历代"英雄"奋斗的终极目标，因为已经想象不出还有什么更高的目标了。

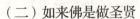

（二）如来佛是做圣贤

如来佛把孙悟空压到五行山下，参加了安天大会以后，回到西天的极乐世界。他说南赡部洲也就是东土大唐，那里的人"贪淫乐祸，多杀多争，正所谓口舌凶场，是非恶海"，我要用三藏真经，劝他们为善。于是就开始布置让唐僧来西天取经的事情，派观音去寻访取经人。这一段简单的情节，却包含着很深的道理。如来和观音都是圣贤，他们的活动有明确的意义追求，就是教化众生改恶从善。这就显示了一个重要的区别，就是如来和观音的活动，是追求意义，和孙悟空的人生目标很不相同。孙悟空闹天宫，是英雄行为，体现的是生命本能的宣泄和实现，其中带有盲目性，混杂着"恶"，是力的张扬，缺少对善的意义追求。

所以，有没有明确的"向善"的意义，就成了做英雄还是做圣贤的分水岭。这是具有普遍性的。如西方文明中也是这样，希腊、罗马神话中都是纵欲的诸神，宙斯到处找美女，女神们比美，争金苹果，众神之间互相嫉妒，争强好胜。所以《伊利亚特》和《奥德赛》，都是"英雄史诗"，是生命本能和力量的宣泄展示。但这些英雄诸神后来退场了，耶稣基督取代了他们。耶稣为人类赎罪而钉上十字架，体现的是意义。可以这样概括：做英雄宣泄本能，做圣贤追求意义。有没有意义，是做英雄还是做圣贤的分水岭。

（三）唐僧师徒的"转型"

孙悟空被如来佛压在五行山下五百年，就是从英雄向圣贤转型的开始，他被放出来保护唐僧去西天取经，已经是圣贤的事业。取经本身的目的，就是要让佛教的经典化解东土众生的"恶业"。西天路上的孙悟空改名为孙行者，本身也是一步一步克服自己心中"恶"的过程的"行者"，如打死六耳猕猴，就是一个消灭"二心"的象征。孙悟空原来是英雄，而且是大闹天宫的英雄，从这样的英雄转型为圣贤当然是充满冲突的，外在的降魔伏怪，内心的去恶从善，也就是"天路历程"和"心路历程"。

这种转型也体现在取经小团队的其他人身上。唐僧师徒五人，能够走到一起，是因为有共同的目标：去西天取经。而取经本身，已经被赋予了极其崇高的"意义"，第三十三回哪吒对玉帝所说"孙行者保唐僧西去取经，诚所谓泰山之福缘，海深之善庆"。唐僧师徒五众，都有前世的"恶业"，都需要通过参与取经的努力"立功赎罪"以转型，进而成为圣贤，也就是小说中的成佛做菩萨。

但这五众的"觉悟程度"却不一样。小白龙已经变成了马，只有翻山越岭默默走路的份，就不提了。在师徒四人中，觉悟最高的是唐僧，他一出生就"江流"到寺院，从小受佛教的"善"教育，所以一路上坚持为善的原则和信念，虽然屡次受妖魔变化的欺骗，却不改初衷。我们读小说的人，老是嫌唐僧善恶不分，如郭沫若的诗句说的"人妖颠倒是非淆，对敌慈悲对友刁"。其实唐僧的表现正说明他信仰的坚定性，他永远把"意义"放在第一位，而绝不因为考虑自己的利益得失就放弃原则。

这也反映在孙悟空和唐僧的冲突之中。第十四回孙悟空打死强盗，受到唐僧责备，孙悟空说："师父，我若不打死他，他却要打死你哩。"唐僧则说："我这出家人，宁死决不敢行凶。"妖魔变化成普通人，唐僧看不出来，要行善，孙悟空火眼金睛，看出来是妖魔变化的，要打要杀，唐僧就要念紧箍咒。这些故事情节，其实表现孙悟空与唐僧的冲突，是做"英雄"还是做"圣贤"的矛盾，也是"自由"与"意义"的矛盾。这是永远说不清楚的争论，因为是永远的人生悖论。《西游记》的总体导向，是站在唐僧一边的，因为唐僧代表的是"意义"。人最终必须追求"意义"，这才是根本。就是说人总要有信仰，有一种精神上的追求，要信点什么，要活得有意义。

唐僧师徒小团队也充满了象征意义。这也可以联系前面的"体制外"和"体制内"说事。孙悟空加入了取经团队，也就是加入了一个"小社会"、一种"体制"，孙悟空的"自由"就不是绝对的了，他必须受到唐僧的牵制。

孙悟空和猪八戒的关系，象征着"英雄"和"大众"、"精英"和"世俗"的彼此矛盾。猪八戒的贪吃、好色、吹牛、爱占小便宜、常打退堂鼓等许多缺点都是世俗社会的常态，也就是所谓世相。孙悟空的英雄主义是超越的，超越世俗，超越大众，超越常态，一般人只能遥遥地仰望，永远可望而不可即。唐僧的圣贤主义也是凡俗大众所难以企及的。孙悟空的英雄主义，唐僧的圣贤主义，猪八戒的俗人主义。我们现在这个世俗化的商品社会，大家更是感到猪八戒最亲切，不是有电视片《春光灿烂猪八戒》吗？

不过猪八戒对孙悟空造成麻烦，必须通过唐僧这个"中介"，只有他的"谗言"被唐僧接受的时候，才会对孙悟空构成威胁。也就是说，世俗、大众和常态经常要靠拢代表"意义"的权威力量，亲近主流意识形态，借助其权威而发挥作用，而代表"自由"和"英雄"的精英常处于孤立地位。

沙僧和白龙马象征沉默的大多数，默默无闻的奉献精神。这种克制自己的奉献精神与向往自由的随心纵意在气质上比较隔膜，他们服从社会的权威，但又向往自由所具有的英雄气魄。所以沙和尚与白龙马既尊敬唐僧又崇拜孙悟空。西天取经的师徒五众，构成了一个社会象征，隐喻着人际关系，也隐喻着做英雄和做圣贤两种人生目标的矛盾。当然《西游记》里，唐僧师徒五众最后都成了"正果"，也就是成了圣贤。

回到原初的问题：孙悟空的本领变小了吗？我们回顾一下西天路上几个层级最高的妖魔，平顶山太上老君的金、银二童子，观音的坐骑，狮驼国的三个魔头，都是孙悟空靠自己的力量征服的，没有请仙佛帮忙。狮驼国的战斗中，孙悟空本来已经把三个妖魔全都挫败，三妖没有办法，就传播唐僧已经被吃掉的谣言。孙悟空没了指望，才去西天找如来佛念松箍咒，并不是斗不过妖魔。车迟国的三个妖道，也是孙悟空靠自己的本事除掉的。

这就说明，孙悟空的本领没有变小，始终是"大圣齐天"。只是西天取经的描写，越来越多地把写作重点放到从做英雄到做圣贤而"改造世界观"的转型过程，以及仙佛魔怪各界内外的体制关系，唐僧师徒小团队的关系磨合等方面，不再凸显孙悟空的本领和神通如何所向无敌，作为一般读者，就产生孙悟空似乎本领后不如前的印象。

总之，做英雄和做圣贤的目标不同，决定了取经路上的孙行者好像本领不如大闹天宫时的孙悟空。唐僧师徒小团队的矛盾代表圣贤、英雄和大众之间的差别，也就是传统上所说的"外王"和"内圣"哪一个是"终极价值"的问题，而《西游记》告诉我们，"内圣"应该与"外王"统一起来，天路历程的冲突就是心路历程的冲突。

三、青春时期与成人阶段的不同

孙悟空在花果山待了很多年，才去海外访道求仙，在菩提祖师那儿一共待了十年。回到花果山不久，就有小鬼来勾他的魂，说他已经活了三百四十二岁，阳寿到了。这样算的话，孙悟空扎筏子去海外时就已经是个很老的猴子了。其实不能这样机械地读小说。应该说一直到被唐僧从五行山下放出来为止，孙悟空都被写成一个青少年，他的故事都对应着人从出生到少年、青年的成长历程和青春的反叛，大闹天宫是反叛的巅峰。而从五行山下出来，保护唐僧去西天取经，就开始进入成人阶段，也就是开始生命模式的转型、自由的转型。

（一）成长的烦恼

英雄传奇和武侠小说里的江湖快意恩仇，主角大都是青少年，一些老江湖则作为"师父""高人"而隐在幕后，必要时才出来施以援手。这实际上反映了人类社会的普遍规律，就是青春时期与成人时期是人生的不同阶段，作为社会，对这两个不同时期的成员有不同的要求。所有国家的法律都有一个成年法定年龄的规定，如果是未成年人犯法，属于少年犯罪，处罚很轻，甚至不追究罪责，而到了法定成人的年龄，那就要承担全部法律责任了。

除了法律层面，在礼仪层面也有反映。到了一定的时候，要对青少年举行成年礼的仪式，这是世界上各民族都存在过的习俗。越是社会发展程度低的民族，成年礼仪越来得严格和隆重。这是因为社会发展程度低，生产力水平低，这个社会里的人，特别是男性，在成年后需要承担更大的责任和义务，成年礼仪就是提醒他们这一点。中国古代也要实行"冠礼"，就是对即将成年的男孩子举行一个戴帽子的仪式，告诉他从此是"大人"了，不能再像过去那样随意随性，想怎样就怎样了。女孩子也有"髻"礼，就是改变发式，意味着要准备出嫁为人妇，要开始学习相夫教子管理家庭的本领了。

孙悟空被压在五行山下五百年，就相当于一个成年的"加冠"礼。西天取经，就进入了成年社会。青少年时期可以肆无忌惮，为所欲为，也就是对小孩和青少年，社会默许他们某些"越轨"行为，而少年的心情、意兴、幻想、梦想等等，也的确在这种比较宽容的氛围里得到最大限度的发挥，成长的活力、青春的创造性得到展现，当然，也必然会伴随着某些破坏性。也就是说，在这个时期，自由的欲望得到了最大限度的宣泄，生命的能量获得充分的发挥。具体到《西游记》，就是孙悟空从石猴出世到"大闹天宫"的艺术演义。在这个时期，孙悟空的本领显得特别大，正是青春的活

力、野性、创造性的自然逻辑。

到了西天取经，则是一个从青年到成年的发展过程，青春的野性逐渐与成人社会的要求磨合，不能够再想怎么样就怎么样地"胡来"，而必须慢慢地适应成人社会的各种明规则和潜规则。所谓"成人不自在，自在不成人"的俗语就是说这个道理。一个最明显的变化是，在青年时代，崇拜"力量"和"勇敢"，也就是更多"匹夫之勇"；到了成人社会，则更强调"谋略"和"关系"，要更能"以退为进"。

（二）孙悟空骂阵的前后变化

如果我们读书细致，就会看出，对取经途中的孙悟空，描写的"分寸"是逐渐在变化的。我们看一个有趣的例子，就是小说安排孙悟空和妖魔打斗时，有时互相骂阵。作者在不同的时段里，为孙悟空拟写了表面相同实则有所变化的"夫子自道"，形式一般是七言古诗。

孙悟空和黑熊精初次对阵，黑熊精问他是谁，孙悟空"自报家门"，是一篇长达三十二联的七言古风，从第一联"自小神通手段高，随风变化逞英豪"开始，就夸耀自己灵台山访道后本领无穷，如何大闹天宫而威风显赫，"老孙其实有手段，全然不怕半分毫"，至于被如来佛收压而改过，保护唐僧去西天取经，则只有倒数第二、三、四的三联六句。最后一联仍然归结到："你去乾坤四海问一问，我是历代驰名第一妖！"（第十七回）

　　到了第五十二回，也就是刚过了中点，刚走上取经途程的后半段，孙悟空对太上老君的青牛精又有一篇"自报家门"。这一次是三十五联的七言诗，比第一次多了三联，内容也是如何闹天宫后转型取经，但在句子内容的多少分配上却有了明显的变化。减少了闹天宫如何扬名立万的夸耀，增加了被如来佛降伏再受观音劝化的描述，后者共有九联十八句。特别引人瞩目的，是增加了对如来佛、观音菩萨和唐僧的歌颂以及对取经事业的赞美："其实如来多法力，果然智慧广无量。……观音劝我皈依善，秉教迦持不放狂。解脱高山根下难，如今西去取经章。泼魔休弄獐狐智，还我唐僧拜法王。"如来是"智慧广无量"，在观音的劝化下，孙悟空才"不放狂"。多亏了菩萨把我从五行山下解救出来，参加西天取经的神圣事业，我要竭尽全力保护唐僧，降伏妖魔，去"拜法王"——皈依佛教。

后面到了祭赛国，碧波潭龙王驸马九头怪问孙悟空："你家居何处？身出何方？怎生得到祭赛国，与那国王守塔？"孙悟空作答，又是一篇七言古风，一共十八联，却只有三联说闹天宫的事，而十五联全是皈依佛教以及降伏妖魔的叙述。所谓："当请如来展妙高，无边智慧非凡用。……观音劝解方逃命。大唐三藏上西天，远拜灵山求佛颂。解脱吾身保护他，炼魔净怪从修行。"如来制伏孙悟空是"展妙高""无边智慧"，观音的劝化才让被压了五百年的罪犯得以"逃命"，

因此要改邪归正去灵山取经——"求佛颂"，为这一神圣事业而"炼魔净怪"，这就是"修行"。（第六十三回）

快进入天竺佛国前，遇到了象征性十分强的隐雾山的花豹精，孙悟空又自道来历。十二联七言诗，则主要说自己本是仙石圣体，"如今皈依从释教，扶持长老向西游。……东方果正来西域，那（哪）个妖邪敢出头"。"东方果正来西域"就是保护唐僧从东土万里迢迢去西天取经，"果正"也就是"正果"——正能量。（第八十六回）

自五行山下脱难不久时，孙悟空仍然野性未退，所以自诩"我是历代驰名第一妖"，到快接近西天时，则变成以"东方果正来西域，那个妖邪敢出头"的佛教护法自居，从青春的反叛到成年的改邪归正，发展的轨迹十分清楚。

孙悟空的本领是变大了还是变小了？只能说，随着离西天越来越近，他那横行无忌的妖味逐渐淡化，在规矩内努力奋斗的佛味越来越浓。孩子在长大，表现本领的方式也不同了。

　　总之，青少年时期和成人社会的要求不同，再加上体制外和体制内的规则不同，做英雄和做圣贤的目标不同，给读者的表面感觉，就是孙悟空的本领好像不如以前了。

读《西游记》的人有一种习以为常的老生常谈，说《西游记》嘛，也没有什么了不起，孙悟空遇到妖魔降伏不了，就请观音菩萨来帮忙，老套子。那么，我们就考察一下，在前往西天取经的路上，观音菩萨救助取经人一共有几次。

一、西天取经路程的中点

（一）中点站是通天河

西天取经路程的中点在哪里？读《西游记》的人，对这个问题恐怕也不是一下子就能回答出来的。因为小说并没有特别强调这一点，而是通过一个好像是漫不经心的细节表现的。那一回叫"圣僧夜阻通天水，金木垂慈救小童"，降伏了虎力、鹿力、羊力三个妖道后，唐僧师徒继续西行，遇到了一条大河，就是通天河，水深浪阔，"径过八百里，亘古少人行"。后来问一个老人，老人对唐僧说从东土大唐而来不相信，说"出家人休打诳语，东土大唐到我这里，有五万四千里路"，你那么容易就走到我们这里了？就这个"五万四千里路"，就暗示到了取经路途的中点了，因为全程是十万八千里。这是第四十七回的故事，到第四十九回通天河的劫难结束，正好接近全书一百回的中点。

通天河的妖怪不是别的，是观音菩萨的金鱼偷跑出来作怪。这个情节可不是随便设置的，观音菩萨是取经事业的组织者，唐僧师徒五众都是她招募来的，一开始，她就答应孙悟空："假若到了那伤身苦磨之处，我许你叫天天应、叫地地灵。十分再到那难脱之际，我也亲来救你。"并且又给孙悟空增加了一样本事，就是三根救命毫毛。这发生在收白龙马的第十五回，也就是"意马收缰"取经刚刚开始的时候。那么到了取经的中途节点，却是观音自己的金鱼来捣乱，再由观音前来收伏，显然有微妙的寓意。

观音菩萨救助取经团队，其实并不多，八十一难中，一共也就七次，而观音亲自出手更少，才五次，而且都发生在前一半路途中。这五次分别是：鹰愁涧收白龙马，黑风洞降黑熊精，五庄观活人参果，火云洞伏红孩儿，通天河收金鱼（另外两次一是派木叉收沙和尚过流沙河；一是"四圣试禅心"，但这是集体行动，而且"试"不是"救"）。这五次描写也很有幽默调侃意味，就是都和观音菩萨自己的利益有关。小白龙是观音向玉帝要来给唐僧做脚力的，她这次来不过是施展法力把龙变成马。黑熊精和红孩儿都被观音收为门人，扩大了自己的势力。金鱼本来就是自己的东西。五庄观活了人参果树后，得到了镇元大仙一枚人参果的酬谢。

过了通天河，观音再没有亲自出手救助过取经团队，只是有两三次指点孙悟空去找寻门路，如告诉孙悟空去找昴日星官降伏蝎子精。有一次观音又来了，就是朱紫国抢夺了皇后的妖怪，回目叫"观音现像伏妖王"。但我们一看那具体描写，却是因为妖怪是观音的坐骑，已经被孙悟空偷了紫金铃要把妖怪烧死，观音赶来是救自己的坐骑，而不是帮助取经人。回目与内容的矛盾其实也是一种幽默，游戏笔墨。

这种情节的设计，暗示的是：前一半路走完，观音扶上马送一程的"保姆"作用，到此为止了，后一半路，已经可以放手了。或者说，再遇到魔难，观音也难救助了，主要靠自己了。

（二）通天河的意义

为什么中途节点是通天河呢？这个名称也意在言外，"通天"就是直接通到西天佛祖那儿了，所以后半段路程，西天如来佛亲自出手了两三次。老君的青牛、六耳猕猴、狮驼国的大鹏雕，都有如来干预；牛魔王，如来也主动派了金刚去捉拿。

通天河作为中途的节点、前半程最后一难，清代人汪象旭批点说：

"过此以往，江流水厄将终，更无事劳普陀之驾矣。""江流水厄"指唐僧小时候的遭遇，一出生就被他母亲绑在一块木板上放到河里漂走，以免被强盗杀害，后来漂到金山寺，被老和尚收留，所以叫江流儿。通天河也是"水厄"，汪象旭说写通天河是象征唐僧的前半段灾难满了，观音菩萨以后也就不再亲自来救助他了。这种评点符合原书的巧妙设计。

唐僧以"江流"而开始生命的磨难，第四十三回被黑水河的鼍龙捉去一次，以通天河落水而走到了去西天的半途，九十八回到达西天，有在凌云渡乘坐无底船而落水的情节，乃隐喻最后的"脱胎换骨"。回程增加一难，再被老鼋摔落到通天河里，是唐僧的"落水五部曲"。这也与佛教中用渡河比喻修行成功有关，如佛祖释迦牟尼修道觉悟后，就曾飞渡恒河。

通天河的故事，也有深意，这一次不是妖怪主动出手要捉唐僧，而是孙悟空猪八戒变成小孩童降妖，帮助陈家庄的人民而开始的。第四十七回的回目"金木垂慈救小童"就是说这个，金指孙悟空，木指猪八戒。这意味着，从这一回开始，孙悟空师兄弟已经不仅仅是被动地保护唐僧不要被妖怪伤害，而是开始主动做善事了。后面在比丘国又救了一千一百一十一个小孩的性命，显然，不断进步，在比丘国的善举远远超过了在陈家庄的。

通天河故事为什么用"陈家庄"这个名字？那是因为唐僧俗姓就是陈，他的父亲是状元陈光蕊，上任时也是在河上被强盗劫持杀害，怀着唐僧的妻子被强盗抢夺。第一百回，因为还差一难，观音菩萨指示金刚再生一难，恰恰也是降落到通天河边的陈家庄。通天河作为取经路途的中点，实在意味深长。

总之，去西天取经，代表着"意义"，也是对自己内心凡俗欲望的克服，"天路历程"也是"心路历程"。所以，遇到的妖魔鬼怪，其实都是需要克服的凡俗欲望的象征。通天河作为中点站，就暗示世界观的改造已经完成了一半。

二、前一半路途中的魔难

唐僧遭遇第一难，两界山和双叉岭。搞清了西天取经路途的中点站，再回头看前一半路途和后一半路途中分别遇到了什么魔头，遭遇了什么困难，就格外感受到了《西游记》的艺术结构精巧深刻，意味无穷。

唐僧去西天路上遭遇的第一难，在第十三回，那时还没有解救孙悟空，唐僧和两个从长安带出来的小和尚刚走到边境，还没有出国，就遭遇了妖怪，被一个妖怪团队所捉拿，两个小和尚立刻就被剖腹剜心，吃掉了，唐僧被捆在那里，等候下一顿再吃。这三个妖怪分别叫寅将军、熊山君和特处士，就是老虎、狗熊和野牛。不过唐僧被太白金星给救了，一个人逃出了魔窟。后面唐僧又遇到老虎，幸亏被猎户刘伯钦所救。紧接着到了两界山，就要放出孙悟空了。这两界山的名字，表面上是说这座山是国界，大唐帝国和鞑靼国的分界线，其实也象征着或者说譬喻着孙悟空和唐僧的心路历程从此进入一个新的世界。两界山前面的双叉岭，也是唐僧和孙悟空命运都在此分叉的意思。

从五行山下解脱的孙悟空刚随唐僧西行，立刻又遇到一只老虎，孙悟空用金箍棒打死了它，这是隔了五百年第一次使用金箍棒。到此为止，唐僧已经遭遇了三次老虎，可以叫"三虎开泰"。在佛教文化中，老虎常被用来象征心中的杂念俗念坏念头。后来猪八戒刚加入取经团队，也在黄风岭打死一个虎先锋。到了宝象国，唐僧又被妖王变成了一只老虎。这些情节，都是用遇虎灭虎象征"心猿"（也就是心里的凡俗欲望）易生难伏而造成磨难，需要反复克服。

收白龙马和观音院丢袈裟。接下来是收白龙马，回目就叫"意马收缰"，双关寓意明显。再接着就是观音院僧谋宝贝，黑风山怪窃袈裟。孙悟空在贪心的老和尚面前展示如来佛给的宝贝袈裟，引出火烧观音院，黑熊精偷走袈裟的情节进展。这个故事的寓意是财宝对心的诱惑，老和尚见宝起意，陡起害人之心，结果不仅烧了禅院，自己也因丢了袈裟而被迫自杀。黑熊精来救火，本是好心，却看见袈裟后就起了贪心，起了偷盗心，惹出了大麻烦。而这场灾难的起因，则要怪孙悟空的炫耀心，他不顾唐僧的阻拦，执意拿出袈裟显摆，才惹出这一场是非。透过热闹怪诞的情节，我们看到的还是"心猿"——欲望造成的麻烦。

收猪八戒、受《心经》和黄风怪。再下来，收了猪八戒，受了乌巢禅师的《心经》——这个后面讲，就到了黄风岭，山大王黄风怪是灵山的偷油貂鼠，老虎反而做貂鼠的先锋，因为貂鼠是灵山佛祖那儿出来的，幽默的趣味自在其中。不过貂鼠胆小，黄风怪并不想惹孙悟空，老虎胆大，偏要出头，结果被猪八戒打死，黄风怪也被灵吉菩萨给收了。明代的《李卓吾先生批评西游记》评点说："'灵吉'二字最可思，大抵凶恶悔吝，都从痴愚不醒得来。"清代的张书绅评点说："'灵吉'即心也。若要风定，必先心定。"因为"心灵"是一个词，所以说"灵吉"就是心灵觉悟的意思。写灵吉菩萨能降伏住黄风怪的妖风，其实表示妖风就是心里坏欲望的象征，灵吉菩萨的名字也象征只有心觉悟了，才能去掉灾祸。

收沙和尚与四圣试禅心。后面收了沙和尚，取经团队齐了，紧接着就是"四圣试禅心"，是色欲的考验。英雄难过美人关，还有俗语说和尚是色中饿鬼，《楞严经》说："淫心不除，尘不可出。"但唐僧师徒中只有猪八戒没有通过菩萨考试。黎山老母变成中年寡妇，说娘家姓贾夫家姓莫，姓贾姓莫，就是《红楼梦》里"假作真时真亦假"的意思。其他三个菩萨变成三个女儿，叫真真、爱爱、怜怜，清代的汪象旭评点说："诸魔未来而美色先见，亦以诸魔之境易持，而美色之关难破也。"后面还有许多女色魔障的考验，"皆从真真爱爱怜怜始之"，因为"色魔之狠毒，更甚于诸魔也"。万恶淫为首，"真爱怜"就是"心猿"——欲望的一个最强烈的诱惑，所以前后反复试炼。后面的确又写了不少女妖怪，还有西梁女国的女王，骚扰唐僧，都是色欲的考验。色欲考验最难通过，我们今天的现实在反复证明。

偷吃人参果。食色，性也。老圣人早就指出贪吃和贪色是人的两大本能，前者是为了个体生存，后者是为了延续后代种族。因此欲望格外强烈激烈，也就会产生许多诱惑、纠缠和麻烦。紧接着万寿山五庄观偷吃人参果推倒人参果树，就是"食"欲惹出的祸。色欲的考验刚完，接着食欲的引诱，孙悟空三兄弟都偷嘴犯戒。

白骨精的象征。下一回白骨精出来，白骨精是化用佛教的"修白骨观"，所谓"尸魔三戏"，则是暗用道教三尸虫的说法，就是潜伏在头颅、胸部和腹部（或说在督脉三关）里的阴气，所以修行必须"斩三尸"。妖精要吃唐僧肉延年益寿，是从这个白骨精开始的。孙悟空三打白骨精，猪八戒撺掇唐僧赶走了孙悟空，是自己想当大师兄，这是互相嫉妒妨害团队磨合的问题，嫉妒心作祟。

宝象国赶走孙悟空。孙悟空被赶走，《李卓吾先生批评西游记》评点说："心猿一放，就有许多磨折。可不慎乎！""心猿一放"，一语双关，一方面指唐僧赶走了孙悟空，另一方面更指取经团队闹不团结，"心猿"也就是思想出了差错，所以招来了后面那些磨难。于是到了宝象国，就是"邪魔侵正法，意马忆心猿"，表面情节是在白龙马的苦求下，猪八戒请回了孙悟空，降伏了妖怪，而暗含的寓意，是经过折腾，取经团队终于内心整合，心神合一，为了共同的目标团结奋斗了。这种格局，一直维持到后半段路途开始的六耳猕猴出现，再一次"二心搅乱大乾坤"为止，所以孙悟空打白骨精被逐再返回的故事是一个段落的节点。

金角大王和银角大王。过了这个节点，是平顶山的金角大王和银角大王、乌鸡国的死国王、红孩儿、黑水河、车迟国，然后就是通天河，前一半路走完了。

平顶山的妖怪是观音菩萨向太上老君借来考验取经人的，和四圣试禅心差不多。四圣试禅是色欲的考验，平顶山的魔障，写得很热闹，是妖魔宝贝最多的一次。微言大义就隐藏在妖怪和宝贝的命名中。金角大王和银角大王，一个金，一个银，宝贝则有紫金葫芦、羊脂玉净瓶、幌金绳、七星剑和芭蕉扇。我们要注意，五件宝贝里有两个"金"字一个"玉"字，连同妖王的名字，就是金、银、玉代表的财货对人心的诱惑——这是"心猿"的另一次暗示。七星剑和芭蕉扇是太上老君炼金丹用的，其实也暗含了"金"字。

乌鸡国、红孩儿和黑水河。乌鸡国的假国王篡位，是权力诱惑造的孽。红孩儿和黑水河，火水相济，意思深远，也就是火灾去了又来水患。红孩儿的三昧真火是在火焰山炼的，而火焰山是孙悟空大闹天宫时踢倒了太上老君的炼丹炉造成，红孩儿从鼻子眼睛里喷火，就是心火——心猿放的火，暗示人的欲望。第四十二回描写孙悟空去请观音菩萨，观音听说红孩儿变成自己的模样擒拿了猪八戒，就大怒而把净瓶掼到了海里，孙悟空自言自语说"菩萨火性不退"。好像幽默搞笑，其实暗含的意思是，连菩萨的"心火"也没有退净，可见"心猿意马"是多么难以制伏。《李卓吾先生批评西游记》评点说："菩萨也大怒，大怒便不是菩萨。"又批："火性不退，佛性自退也。"意思就是成了菩萨，就不应该大怒，因为菩萨是已经修炼到心里没有任何欲望的觉悟者。写观音菩萨大怒，此时她就不是菩萨了，因为有了"火性"，"佛性"就没了。

黑水河的鼍龙，又是泾河龙王的儿子，龙王当年和算命的赌赛，私改下雨点数，犯了天条被斩，是引出唐太宗游地府和西天取经的原始根由，追根究底，也就是泾河龙王好胜之心和要面子惹出来的事。同时红孩儿的故事长，情节复杂；黑水河的故事短，情节简单，构成审美韵律的自然起伏。这些好看的情节，其实都隐喻着"心猿"的根本主题。正是：乌鸡国造孽在贪权，黑水河追源为争脸面，都由于心里的一团欲火烧得欢，红孩儿才出现。

车迟国的象征。车迟国斗法，占了三回书，是重头戏，回目就暗藏玄机。"法身元运逢车力，心正妖邪度脊关"（第四十四回）。法身就是佛身，元运就是练元气，车力是车行轮转发力的浓缩，佛家讲究转法轮，比喻大道周行。"法身元运逢车力，心正妖邪度脊关"是一语双关，既指小说中到了车迟国遇到妖道，也指身心的修炼。《李卓吾先生批评西游记》批点说："此处虎力、鹿力、羊力三道士，亦是虎车、鹿车、羊车的隐名。"乘就是乘车，佛教用坐不同的车比喻修炼到不同的高低境界。道教也借用引申，如说虎、鹿、羊是"炼三车"，也就是修炼内丹火候的三个阶段等。

说虎、鹿、羊而不说牛，因为牛在佛教中最神圣，现在印度还有这种遗俗。牛的隐喻体现在后边的牛魔王身上。车迟国的三个妖道，虎力、鹿力和羊力，主要用道教的说法。第四十六回的回目"外道弄强欺正法，心猿显圣灭诸邪"，用"外道""正法"分别代表道教和佛教，不过说"外道"，也就是道教里的邪派，对道教本身还是尊重的。"心猿显圣"表面上是说孙悟空战胜了三个妖道，骨子里还是"心猿"本意的影射，就是心的信仰要坚定，不要受"外道"——各种"歪理邪说"的诱惑。正是：车迟国斗妖道，歪理邪说决不要。

总之，车迟国后面就到了通天河，意味着取经前一半路途的结束。回头看，这前一半路程，各种妖魔鬼怪虽然写得光怪陆离色相缤纷，却有序地暗示着各种妖魔都是对"心"的试炼，是与"心猿意马"的长久斗争。好色欲、贪吃欲、炫耀心、嫉妒心、好胜心、贪财心、篡权心、歪理邪说的诱惑，都需要不断地克服。

三、后一半路途中的魔难

南柯子的象征。第五十回开始，进入西天取经的后一半途程。这一回的开头，是一首词，这首词实际上化用自全真教七子之一马钰的《无调名·赠众道友》一词，《西游记》特别标明词牌名"南柯子"，是突出用"南柯一梦"的典故，意思是唐僧一行取经路途前一半的旧梦已经结束，后一半的新梦又开始了。词的开头就是"心地频频扫，尘情细细除"，结尾又强调"勿令猿马气声粗"，说得很清楚，"心地"又有了"尘情"需要打扫除掉了，不要让"猿"和"马"又猖狂起来啊。新一轮与"心猿意马"的纠缠抗争重新揭幕。

第五十回的回目也当头棒喝："情乱性从因爱欲，神昏心动遇魔头"。情节是孙悟空要去给唐僧化斋，临走时用金箍棒在地上画了个圆圈，让唐僧和猪八戒、沙和尚坐在圈子里别出来，以免妖魔侵害。可是下面的情节，一方面孙悟空的化斋，形同抢劫；另一方面在猪八戒的鼓动下，唐僧三人走出了孙悟空画的圈子，进入一处楼阁，猪八戒和沙和尚又贪小便宜，穿上了放在那里的纳锦背心，结果背心转眼变成绳索，猪八戒和沙和尚都被捆绑住了。"惊动了魔头"，把唐僧师徒三人都抓住了。孙悟空回来和妖魔打斗，妖魔有个很厉害的白森森的圈子，把孙悟空的金箍棒也套走了。孙悟空请来哪吒、李天王、火神、水神，全不管用，只好去西天找如来佛，如来派出十八罗汉用金丹砂降妖，也被圈子套走了，最后罗汉说出如来让找妖魔的主人太上老君，才把妖魔收走。

　　这下半部开始的第一回，寓意微妙得很。孙悟空画圈，唐僧等出圈，妖魔却有个圈能套走各种神兵法宝。"圈"其实就是暗示象征——是人的"心猿"又乱了，不正确的欲望又蠢动了。包括孙悟空偷抢斋饭、唐僧走出圈子、猪八戒和沙和尚贪小便宜等，都意味着离开了正确的"圈套（规矩）"，必然被妖魔的"圈套"所困。特别是妖王的那个圈子，最后说就是太上老君的金刚圈，其实就是人的邪念的大象征。否则孙悟空大闹天宫时，太上老君怎么不用金刚圈把孙悟空的金箍棒套走呢？那不就一下子解决问题了？所以，从后半途开始的第一回，就鲜明地显示出，"心猿意马"的纠缠又开始了，而且更复杂麻烦了。观音菩萨不来了，如来佛祖却露面了。

　　女儿国和蝎子精。下面是女儿国，唐僧和猪八戒误喝了子母河的水，而男人怀胎，孙悟空找如意真仙讨要打胎泉水，如意真仙却是红孩儿的叔叔，记仇不给，费了好大周折，才取来了泉水。后面就是女儿国国王要让唐僧招亲，又出来琵琶洞的蝎子精劫走了唐僧，连孙悟空都被蝎子蜇得头痛难忍。这些故事都很精彩搞笑，其中暗示的却是，贪欲、色欲等的考验又上演了。误喝河水而怀鬼孕，是贪欲和色欲的交织；女儿国国王的柔情似水，连信念坚定的唐僧也"战战兢兢立站不住，似醉如痴"，可见考验是多么严重。

蝎子精更是前所未有的雄强，孙悟空和猪八戒师兄弟两人联手与女怪打斗，居然"斗罢多时，不分胜负"。这其实就是说，色欲之毒好比蝎子，人要克服"心猿"的这种欲望引诱，实在难得很，连观音和如来也怕这个蝎子精呢。当然最后一物降一物，昴日星官现出原形双冠子大公鸡，把蝎子给吃了。

真假猴王。接着是更加严重的"心猿"迷乱，孙悟空再次打死强盗，而被唐僧驱逐，再下来就是真假猴王的戏上演了。唐僧这次撵走孙悟空，却是孙悟空的错误，而不是唐僧的错误。对付凡人强盗，孙悟空无端过激，打死他们，后来又杀了杨老汉的儿子，让杨老汉无人送终，毫无慈悲心念。第五十六回的回目"神狂诛草寇，道昧放心猿"一语双关，暗示孙悟空的确"神狂"了，"道昧"了，"心猿"太放纵了。唐僧撵走孙悟空是应该的，因为这是他坚持"为善"信仰的体现。这一回有一些"点睛"的描写，如"孙大圣有不睦之心，八戒、沙僧亦有嫉妒之意，师徒都面是背非"，说取经团队的和谐团结再次出现了严重问题，这也是"神狂"和"道昧"的表现，所以紧接着就是"二心搅乱大乾坤"了。

　　"二心"是关键词。六耳猕猴的出现，是"二心"的神怪演义，"六耳"其实是眼、耳、鼻、舌、身、意"六贼"的意思。六耳猕猴就是孙悟空内心恶念的化身——"心猿"的再次肆无忌惮和出轨。六耳猕猴还让猴精变出了假唐僧、假猪八戒、假沙和尚、假白龙马，是说唐僧师徒五众全都管束不住自己的"心猿意马"而胡乱来了。

经过天宫地府南海西天的反复折腾，六耳猕猴才被如来佛的金钵罩住，而被孙悟空一棒打死。这个情节的真实含义，是孙悟空打杀了自己心中的恶念，修行从此迈上了一个新台阶，发生了"自由的转型"。

六耳猕猴的歼灭，富有象征意义，取经团队再次增强了凝聚力，剪除了"心魔"，唐僧师徒的"觉悟"都获得了新的提高。接下来就是火焰山牛魔王三调芭蕉扇的故事，是皈依佛门的一个暗示。大白牛是佛教中超凡脱俗的标志性神物。牧牛也成了佛学著作和禅家公案的重要内容。后来更有人绘画出《牧牛图》，配上《牧牛图颂》，用连环画的形式比喻修行途径。《牧牛图颂》描写放牧中一头黑牛变成白牛的过程，先变头和角，再变身子，变尾巴，最后通体洁白，比喻证成佛道。

所以驯服牛魔王的故事，就是用佛法驯服"心猿意马"的大隐喻。牛魔王身上囊括了酒、色、财、气四个方面的内容：与碧波老龙吃酒，导致金睛兽被盗；恋于和铁扇公主、玉面公主的妻妾感情而受诱惑；贪图玉面狐狸家的财产招赘到积雷山；因红孩儿之事与孙悟空争狠斗气。也可以说，牛魔王身上体现了"心猿意马"——思想欲望的方方面面。所以，孙悟空和牛魔王的打斗格外艰苦，借芭蕉扇的过程格外曲折，这其实是表现克服酒、色、财、气"心猿意马"的诱惑特别困难。

最有意思的是，佛界金刚和天国神将最后都不请自来，协助孙悟空擒拿牛魔王，最后在哪吒风火轮的威力下，牛魔王投降了，现了原形，被金刚牵回了西天。铁扇公主最后也皈依了佛门。火焰山是人心之火，也就是熊熊燃烧的欲望，蹦跳不服管束的心猿，因为火焰山本来是孙悟空当年大闹天宫的后遗症。正是：芭蕉扇灭火焰山，人心也要除

欲念。

碧波潭接上火焰山，又是"水火既济"（《周易》）的卦意。碧波潭老龙王招了九头鸟做驸马，偷了祭赛国金光寺塔顶上的珍宝，最后被孙悟空和二郎神消灭。这是保护佛门不被侵犯的故事，说明与佛教的利益更加密切了。碧波龙王犯了贪心和偷盗罪，自然是"心猿意马"没约束好的缘故，结果是家破人亡，全族覆灭。

下来的荆棘岭木仙庵谈诗，一般读者都不太明白，说那几个树怪花妖并没有什么大过错，不过摄来唐僧吟诗赏月，开了一次文学Party，为什么被孙悟空和猪八戒残酷地铲除？其实这一回和下一回的小雷音寺，分别比喻"文字障"和"学术障"的危害，同样是"心猿"的不正当欲望。那些吟风弄月的藻词丽句，是语言荆棘，心中胡思乱想的各种念头也是荆棘针刺，会伤害纯洁的人性，还是"心猿意马"的另一种表现形式。清朝的陈士斌评点这一回就说，"著书立言，谈玄阐幽，而不能身体力行"，"皆如木仙庵谈诗，而为荆棘之尤甚者"。反而像猪八戒这样的大老粗，倒不受这些伪"文化"的诱惑，可以用九齿钉耙把这些荆棘全部刨光挖净。我们现在的一些流行文学和玩弄概念名词的学术也有这种情况吧。

小雷音寺的黄眉大王假扮佛祖，则是神道设教，迷惑众生，是"以学术偶像杀人"，比木仙庵的木妖玩弄好词佳句的危害更大，所以剿除起来也更费劲。这对今天特别有启发，就是我们的"学术界"为了学位、职称等炮制的那些"论文""项目"和"著作"，我们一些学科体制的弊病，还有靠吹捧广告树立起来的一些"大师"，其实都类似于"小雷音寺"的妖怪作孽。正是：时髦文艺伪学术，荆棘妖仙假西天。

紧接着消灭大蟒蛇，靠孙悟空的本领神通；过秽臭的柿子岭，则靠猪八戒不怕脏不怕累。这些都是剪除俗念的纠缠，洗净凡尘污秽的象征。朱紫国也很耐人寻味。国王和妖王，两个都是痴心的情种，一个为失去王后病了三年，一个对着只能看不能近身的美人痴心了三年。"心猿意马"的内涵直指人的"痴情"。

下来就是"盘丝洞七情迷本"，七个蜘蛛精象征人的"七情"——喜、怒、哀、乐、爱、恶、欲，就是人的七情六欲像蜘蛛的丝一样把人缠缚，软绵绵的连金箍棒也打不了。蜘蛛精的丝是情丝，蜈蚣怪的眼是色目，最后蜘蛛精都被孙悟空施法术用叉棒断丝消灭，蜈蚣怪则被毗蓝婆菩萨用针扎瞎了眼，隐喻的意思很明白。第七十四回开头的诗句就总结蜘蛛精和蜈蚣怪的寓意："情欲原因总一般，有情有欲自如然。"后面接上"话表三藏师徒们打开欲网，跳出情牢，放马西行"。蜘蛛精和蜈蚣怪都是"情欲"惹出来的，"原因总一般"，杀死了蜘蛛精，降伏了蜈蚣怪，就是挣脱了欲望的网络，跳下了情欲的车子，然后才能继续往西天去求取真经。

接下来的狮驼国，是取经路上遭难的顶峰，一共写了四回大书。三个妖魔神通广大，孙悟空腾挪变化，使尽心机，情节跌宕起伏，最后如来佛和文殊菩萨、普贤菩萨亲临，才收伏了妖魔。描写三妖也曾经搅扰过蟠桃盛会而"大闹天宫"，而且狮驼国的小妖有四万八千名，比花果山的猴兵还多出一千。孙悟空当年占据花果山，大闹天宫，和现在的狮驼国的性质一样，但现在孙悟空已经改邪归正，即将成佛，观音菩萨给的救命毫毛在这里也用上了。过了狮驼国这一难，孙悟空的"心猿意马"就基本被驯服了。所以，写狮驼国，也是为了和花果山构成一种前后的关联对照，暗示孙悟空降妖伏魔，也是自己心路历程的转型。

所以紧接着的比丘国，孙悟空做了一件大功德，救了一千一百一十一个小儿的性命，已经不再是和自己的"心猿"纠缠苦斗，而是"觉悟"后行善救世的佛菩萨了，所谓"行者因师同救护，这场阴骘胜波罗"（第七十八回）。后面无底洞，灭法国，花豹怪苍狼精的分瓣梅花计，隐喻象征的意味都更格外强化。老鼠打无底洞，是比喻"心猿意马"产生的欲望就是无底洞。灭法国国王不敬佛教，是最大的"心猿"乱跳。把国王后妃的头发都剃掉，是对不尊敬佛教者的调侃，孙悟空在王小二店里变成老鼠施法（第八十四回），隐雾山孙悟空再变成水老鼠（第八十六回），都是"无底洞"比喻的继续。正是：欲望就是无底洞，行善才能获成功。

分瓣梅花计那一回最有意思，一般读者看不明白。小小花豹精，既没有难治法宝也没有独门绝技，却骗得孙悟空兄弟相信唐僧已经死去，又哭又拜，最后却仅仅用瞌睡虫就把妖怪打死。似乎情理不通，却正是隐喻笔法，暗指旧师父死去，新师父方生，即将进入西天领地，也是脱胎换骨的一种象征。所以最后就是又一个孝子樵夫，引导唐僧师徒翻过隐雾山，指示下山就是天竺地界，与第一回孝子樵夫指引猴王去灵台山相呼应。第一回的樵夫和菩提祖师是邻居，隐雾山的樵夫和魔王是邻居，这两个樵夫都是孝子，意思很明白：

有了孝心，其实就是神仙，也不怕妖魔。隐雾山的樵夫给唐僧师徒指路，就是他们成佛的引路人。隐雾山的命名，是黎明前的昏沉，即将被"觉悟"（佛）所驱散的意思。"心猿意马"的驯服也即将完成了。成佛觉悟，其实就是樵子的那一片孝心。这一回（第八十五回）孙悟空再次提起乌巢禅师的《心经》，并特别说出概括性的偈子：

佛在灵山莫远求，灵山只在汝心头。

人人有个灵山塔，好向灵山塔下修。

这是点明全书的主题，成佛就是修心，灵山、佛其实并不在西天，而就在每个人的心上。到西天取经是形式，实质是培育一颗向善的心。东土到西天十万八千里，是孙悟空一个筋斗的距离，也就是一念之间善恶分途、佛妖异相。修行就是修心念。天路历程就是心路历程。正是：隐雾山有奥妙，孝心就是成佛道。

后面几回，进入天竺佛国地界，凤仙郡求雨，孙悟空已经完全服从上天的善恶报应安排，对玉皇大帝的权威尊重有加了。玉华州授徒，惹出狮子精，所谓"师狮授受同归一"（第九十回回目），是对"好为人师"虚荣心的调侃，"人之患，在好为人师"（《孟子·离娄下》）。金平府观灯，则是唐僧犯错误，流连玩乐，被犀牛精摄去，"玄英洞唐僧供状"（第九十一回回目）其实是唐僧向佛祖写检讨书，"玄英"就是暗指陈玄奘这个"精英"这次太不像话了。清代的陈士斌评点说："不在灵台悟道，却在金平游春；不去西天见佛，却来桥上观灯；有意贪杯，无心向道；舍真经而不取，见假佛而偏拜。……宽了禅性，所以深罪三藏也。"

天竺国玉兔变化的假公主打绣球招唐僧为婿，遥遥暗接唐僧的父亲曾经彩楼配的前缘。详细描写皇家招亲的排场气派，是最后展示一下人间的所谓富贵荣华不过如此，"心猿意马"实在不值得流连恋栈。最后一难却是铜台府地灵县寇员外斋僧，已经很少神怪色彩，揭示的是"伪善"——重视外在表演而缺少内心虔诚的虚假向善。寇员外之所以姓寇，正隐喻心寇难除才是大害，是心猿意马负能量的变相肆虐。铜台府的地名暗示铜臭熏天，与前面的玉华州、金平府的名字前后相连，暗含对人间看重的金、玉、铜价值的褒贬。

这西天路上的最后一难，唐僧结结实实挨了衙役们的打，逼得连如来给的宝贝袈裟也送出去。西天取经一路，唐僧虽然被妖怪们吊、捆、蒸、煮，但都是虚惊，从来没有挨过打，最后却被凡人打了一顿，这是最深刻的寓意——凡俗的"心猿意马"之危害超过了任何妖魔鬼怪啊。此难过去，就到达大雷音寺，见到了佛祖，又没有缘分领受无字真经，只能换取有字经，最后把一路吃饭的家伙紫金钵盂交了出去。即使如此，八十一难还差一难，返回长安途中又落到通天河岸，在取经路途的中点再遭一难。这才是"九九数完魔灭尽，三三行满道归根"（第九十九回回目）。

总之，取经后一半路程，比前一半的魔难，更多，更曲折，更艰难，但象征隐喻的意思，却前后一贯，就是从"道昧放心猿"到"猿熟马驯"。

一、《西游记》里的"心猿"

（一）"心猿"的来历

我们打开《西游记》看回目，可以看到一百回中，共有十八个回目称孙悟空为"心猿"。举几个例子：

五行山下定心猿（第七回）

心猿归正（第十四回）

意马忆心猿（第三十回）

道昧放心猿（第五十六回）

猿熟马驯方脱壳（第九十八回）

孙悟空为什么又被叫作"心猿"呢？我

们知道有一个成语叫"心猿意马"，它在佛教、道教、儒家以及各种文学作品中都广泛使用，比喻凡俗人的心意变化无常，难以驾驭，如跳跃的猿猴、奔跑的野马。

汉语典籍中，较早见于道家著作东汉魏伯阳《周易参同契》："心猿不定，意马四驰，神气散乱于外。"

宋张伯端《悟真篇》："了了心猿方寸机，三千功行与天齐。"其弟子石泰《还原篇》："意马归神室，心猿守洞房。"

佛教著作敦煌遗文维摩诘讲经文里有："意马胸头休放荡，心猿乖劣莫教嗥。"其后《祖堂集》《古尊宿语录》《五灯会元》等著作中也多用这个比喻。无论道还是佛，所谓"猿猴心"，都比喻心思散乱，需要用清静、存思、坐忘、守一等方法守住精、气、神，所谓拴住心猿，收缰意马。关于"心猿意马"在汉译佛经中的词语渊源演变，可参看陈秀兰和朱庆之《"心猿意马"的语源和流变》一文。该文见《汉语史学报》第十三辑，香港教育学院"汉语词汇的本体研究"

项目 RGB55/2008—2009、上海教育出版社出版资助项目"佛经语言词典"。

孙悟空被称为"心猿",很自然地包含有佛教道教等赋予"心猿"的原始含义:人的思想欲望变化无常,很难驾驭,这是人生的一个根本问题。这里用"思想欲望"代替"心"(心猿意马),因为二者指的是一回事,"思想欲望"更容易为今天的人们所理解。同时,也可以说,"欲望"和"思想"是心、"心猿"包含的两个侧面。

《西游记》就是通过浪漫幻诞的神怪故事,在展示、演绎、思考和探索这个人生的根本问题。

(二)菩提祖师

孙悟空的第一个师父是菩提祖师。我们读《西游记》,有时会想,菩提祖师写得有些神秘,他到底是属于佛教还是道教呢?为什么后来一直不再露面了?孙悟空西天路上遇到困难，怎么从来没想去找菩提祖师帮忙呢？有一些读者还讨论菩提祖师和如来佛谁更厉害？等等。

由于佛教里有一个须菩提，是释迦牟尼佛祖的十大弟子之一，有人就以此为据，说菩提祖师是佛教的高人。其实，"菩提"是智慧和觉悟的意思，是梵语音译，并不是实指须菩提。

菩提是智慧，智慧来自于心，菩提祖师其实是心灵智慧觉悟的象征，简明地说，就是心的象征。

菩提祖师在第一回后边出现，就是猴王拜师学艺，第二回开始不久，孙悟空就告别祖师回花果山，祖师从此销声匿迹。菩提祖师住在灵台方寸山，斜月三星洞。这山名和洞名，就表示心。心就是灵台，所谓身是菩提树，心如明镜台。心也叫方寸，所谓方寸之地，就是说心脏大小不过方寸，《三国志演义》里徐庶的母亲被曹操监禁，徐庶对刘备说自己方寸已乱，留下来也不能出谋划策了。"斜月三星"更是

"心"字一钩三点字形的形象影射。明代世德堂本《西游记》里早有批语明确指出这一点。

儒家、道教和佛教都用"心"构建理论。明代著名思想家王阳明的学说叫心学，他的名言是"破山中贼易，破心中贼难"（《与杨仕德薛尚谦书》）。明代后期反叛性的思想家李贽也就是李卓吾提倡"童心说"。佛家有一部最精练的经典叫《心经》。道教说："为君指出神仙窟，一窍弯弯似月眉。"（元代道教经典《性命圭旨》）"一窍弯弯似月眉"和"斜月三星洞"的意思一样，用弯月比喻"心"的字形，"窍"就是玲珑七窍心。

菩提祖师是"心"的象征，是儒、佛、道三家思想的"三教合一"。小说中对菩提祖师的描写，正是这样处理的。

猴王访道求仙，是从听到一个樵夫一边砍柴一边唱歌开始的，而那樵夫唱的是道教的经典《黄庭经》，所谓"非仙即道，静坐讲黄庭"。"美猴王听得此言，满心欢喜道：神仙原来藏在这里！"樵夫说自己不是神仙，但和神仙做邻居，给他指路，去找菩提祖师。而到了斜月三星洞口，是"一个仙童"出来接待猴王，所谓"物外长年客，山中永寿童"，明显是道教风范。

但猴王见到菩提祖师后，描写祖师的诗歌中既有道教的"大觉金仙""全气全神"，又有佛教的"西方妙相""不生不灭"。第二回描写祖师讲道，则是"说一会道，讲一会禅，三家配合本如然"，三教合一，彰明较著。后来问孙悟空要学什么本事，菩提祖师讲了术字门、流字门、静字门、动字门等，其实就是囊括三教九流，如说："流字门中，乃是儒家、释家、道家、阴阳家、墨家、医家，或看经，或念佛，并朝真降圣之类。"

更加微妙的是，那个引导猴王寻到菩提祖师的樵夫，突出他是个孝子，而孝是儒家最核心的价值，所谓"百善孝为先"。唐僧师徒即将进入天竺国，接近灵山见到佛祖时，又特别描写了一个孝子樵夫引导唐僧师徒离开隐雾山。"隐雾山"的命名和孝子樵夫的设计，与第一回猴王寻访菩提祖师靠孝子樵夫指引的情节前后呼应，都是说凡俗之心遮蔽了仙境和佛境，要脱离迷雾，必须靠孝心指引。

佛教的修心，道教的修心，归到了，直通儒家的孝心。三教表象不同，实质却一样，都是"好心""良心"的觉悟，这就是"菩提"的隐喻含义。菩提祖师的行为风范更接近道教，第九十回孙悟空上天找太乙救苦天尊降伏狮子精，这个天尊当然是道教的尊神，他见了孙悟空就问："前闻得你弃道归佛，保唐僧西天取经。"可见孙悟空的第一个师父菩提祖师是道教的神仙，而第二个师父唐僧属于佛教。但菩提祖师的象征内涵，却包含了儒、佛、道三教，共同交会于"心"的隐喻。南怀瑾说："佛、道都在每一个人自己的心中，个个心中有佛，照后世禅宗所讲：心即是佛，佛即是心，不是心外求法。心外求法都属于外道。"（《金刚经说什么》）

这样，关于菩提祖师的一些艺术处理就可以明白了。孙悟空告别祖师时，祖师警告孙悟空，说你从此不许说本领是我教给你的，也就是断绝了与孙悟空的师徒关系。这种描写其实有深隐的意思，就是孙悟空以后将要闹龙宫闹地府闹天宫，还要被压在五行山下，并保护唐僧去西天而经历各种磨难，其由恶变善而最后觉悟的心路历程将非常曲折复杂，所以祖师说："你这去，定生不良。凭你怎么惹祸行凶，却不许说是我的徒弟。"菩提祖师的话，也就是心路历程的隐喻，菩提祖师是作为觉悟心的象征而设计的。他从此不再出现了，但也可以说，他一时一刻也没有离开过孙悟空，因为他就是孙悟空心路历程的艺术化身。

（三）紧箍咒

读《西游记》，没有不知道孙悟空头上戴着一个紧箍儿，唐僧一念咒，孙悟空就头疼得满地打滚。而大多数读者，是同情孙悟空而痛恨紧箍咒的，连带也埋怨唐僧经常善恶不分而错咒孙悟空。连郭沫若也作诗说："咒念金箍闻万遍，精逃白骨累三遭。"

不过，如果我们仔细研究一下紧箍咒的情节设计，就会发现这又是针对驯服"心猿"这一根本主题的一个艺术的暗示。紧箍儿的来历，是如来佛祖给观音菩萨的金、紧、禁三个箍儿之一。后来都有照应，金箍儿收伏了红孩儿，禁箍儿收伏了黑熊精，都被观音菩萨收为门人，当保镖做门卫。而紧箍儿，观音菩萨给了唐僧，哄骗孙悟空戴在了头上，从此生根，成了唐僧控制孙悟空的撒手锏。孙悟空曾当面质问观音菩萨："你怎么生法儿害我？"观音菩萨回答："你这猴子，你不遵教令，不受正果，若不如此拘系你，你又诳上欺天，知甚好歹！再似从前撞出祸来，有谁收管？须是得这个魔头，你才肯入我瑜伽之门路哩！"我们要注意观音菩萨叫孙悟空"猴子"，其实就是"心猿"的意思，戴紧箍咒，就是要用佛法来控制"心猿意马"。同样，红孩儿戴金箍咒，黑熊精戴禁箍咒，也是类似的寓意，要制伏他们的野性，也就是肆无忌惮为所欲为的"心猿"。

这在"真假猴王"一回中也有巧妙的照应。观音菩萨和唐僧都曾经用暗念紧箍咒来看哪个是假悟空，但都失败了，一念咒，不仅真的孙悟空头疼，连六耳猕猴变化的假孙悟空也立刻喊叫头痛。这是因为六耳猕猴本来就是孙悟空心里面恶念的分身，他与真悟空真假一体，是"心猿意马"也就是人的思想欲望复杂性的一种微妙的艺术表现。

最后一回，到了西天，孙悟空愤愤地对唐僧说，现在我和你都成佛了，难道你以后还咒我吗？乘早念个松箍咒，把那个紧箍拿下来打个粉碎。唐僧说，当初因为你难管，才用这个办法制约你，现在成了佛，紧箍自然就消失了。孙悟空一摸头上，紧箍果然早已不翼而飞。成佛，也就是心灵觉悟了，意味着"心猿意马"被彻底驯服了，用过去常说的话，就是提高了觉悟，世界观改造成功了，佛本来就是"觉悟者"

的意思。第九十八回的回目"猿熟马驯方脱壳"就是这个意思。紧箍咒的另一个名字叫"定心真言",这在观音菩萨传授唐僧紧箍咒时就说过了。可见紧箍其实不是戴在孙悟空头上,而是戴在他心上。他成佛也就是觉悟了,心上的紧箍咒当然就没有了。

（四）乌巢禅师和《心经》

乌巢禅师传《心经》这个情节,发生在第十九回结尾,唐僧和孙悟空刚收了猪八戒之后,这一回的回目叫"浮屠山玄奘受心经"。

乌巢禅师住在一个巢里,小说中描写是"香桧树前,有一柴草窝,左边有麋鹿衔花,右边有山猴献果",就是一个类似鸟窝的草棚子,所以叫"乌巢"。乌巢禅师本来认识猪八戒,见他跟了唐僧,向猪八戒表示祝贺。唐僧问禅师西天远不远,禅师说路虽然远,总有到达的日子,只是路上魔障难消，我传授你一卷《心经》吧，一共就二百七十个字（陈玄奘译本为二百六十字），你记住它，不管遇到什么磨难，你只要念诵《心经》，"自无伤害"。这篇《心经》是历史上的陈玄奘从梵文翻译成汉语的，《西游记》全文录在这一回，是精心的安排。

乌巢禅师传了唐僧《心经》后，唐僧还要问西天路途长短，乌巢禅师就以一首长诗作答，诗里说西天路上妖怪很多，但你只要问那个"多年老石猴"，他就知道。说着就坐在乌巢上驾云升起在半空，孙悟空因为禅师叫他"老石猴"，非常生气，就用金箍棒乱捣那乌巢，小说描写："只见莲花生万朵，祥雾护千层，行者终有搅海翻江力，莫想挽着乌巢一缕藤。"

乌巢禅师其实又是"心"的象征，所谓"乌巢"就是比喻心像鸟儿的窝一样需要有个归宿、有个信仰。在《西游记》里这个归宿就是佛教，所以乌巢禅师住在浮屠山，"浮屠"就是"佛陀"的另一种音译。孙悟空刚从五行山下脱难不久，去西天取经是驯服"心猿"的开始，他怎么可能捣得了已经觉悟的禅师的乌巢（心）呢？后来西天路上，有时候唐僧也怨叹路途遥远艰苦，孙悟空就提醒师父，说你忘记了乌巢禅师传授的《心经》了吗？我们看唐僧总是被妖魔捉拿，又是吊，又是捆，一会儿要蒸，一会儿要煮，他却总是能够承受，其实就是靠默诵《心经》获得心力的支持，也就是信仰的力量、心的力量。

（五）心猿归正，六贼无踪

心猿归正，六贼无踪。这是第十四回的回目。故事情节很简单，孙悟空刚被唐僧从五行山下救出来，保护唐僧往西天走，才出发，就遇到六个强盗拦路打劫，孙悟空从耳朵里掏出金箍棒，晃一晃，碗来粗细，一下子就把六个强盗打死了。唐僧为这件事责备孙悟空，说强盗虽然抢劫，"拿到官司，也不该死罪"，你全无一点慈悲好善之心。孙悟空听得不耐烦，就一个筋斗云跑到东海龙宫去喝茶，在龙王的点拨下，后来又回到唐僧身边。就在这个空隙，观音菩萨传给了唐僧紧箍咒。

这个故事就是暗示这是孙悟空归顺佛教的开始，也就是驯服"心猿意马"艰难曲折的"心路历程"的开始。这就是回目"心猿归正，六贼无踪"的意思。六个强盗分别叫：眼看喜、耳听怒、鼻嗅爱、舌尝思、意见欲、身本忧。这是从佛教的基本概念来的，就是眼、耳、鼻、舌、身、意是"六根"，"根"就是根源，从这六根产生出六欲，就是我们常说的七情六欲的六欲，也就是喜、怒、哀、思、欲、忧等人的欲望感情，让人的心不得安宁，造各种"恶业"，就像强盗行凶作恶一样，故又称六贼。我们口语里说的"造业"（造孽）原来就是这个意思。

以上四个例子，说明《西游记》隐喻心、"心猿"（心猿意马）的艺术表现十分微妙。驯服"心猿意马"是全书的大主题，小说的十八个回目提到"心猿"，三个回目提到"意马"，从故事情节上是指孙悟空和白龙马，从象征寓意上则是说"心猿意马"。

总之，菩提祖师、紧箍咒、乌巢禅师传《心经》、打死六贼，都是驯服心猿的象征。

二、"心猿"的正能量

（一）艺术不全是宗教

《西游记》是艺术经典，不是单纯的佛教书籍，因此它并不是简单地宣传佛教的一些思想观念，而是从更开放的角度和更深刻的层次，囊括儒、道、佛三教，再加入艺术元素，展示"心猿意马"本身的复杂性质，也就是它实际上表达了这样的意思："心猿意马"——人的思想和欲望本身，并不能被简单地看作"六贼"，而是既有"负能量"，也有"正能量"，甚至是非常雄伟壮丽的。

《西游记》的主体故事基本上分两大块。第一大块是孙悟空的早期传奇经历，从猴王出世一直到被压在五行山下，也就是从第一回到第七回。第二大块就是西天取经的故事，当然前面有几回交代唐僧的情况和取经的来由，属于情节过渡。在这两大块故事中，始终贯穿着"心猿"的主题，也就是人生如何面对和解决与生俱来的"思想欲望"问题。

对这个主题，两大部分故事也就是《西游记》全书的表达，概括地说，可以归纳为这样几条：

驯服"心猿意马"的艰难曲折；

赞美"心猿意马"的奔放壮丽；

"心猿意马"是"自由的悖论"。

第一点前面两讲已经说过了，总结一下，就是南怀瑾说的，不管儒家、佛家、道家，以及其他一切的宗教，人类一切的修养方法，都是三个字——善护念。好好照应你的心念，起心动念，都要好好照应你自己的思想。人的一念就有八万四千烦恼。《金刚经》一开头，就提出了"云何应住"的问题，就是用什么办法使此心能够住下来，"云何降伏其心"，有什么办法让这个心的烦恼妄想降伏得下去！降伏了，就成佛了。《西游记》是用艺术手段表现的。

（二）心猿意马与青春之歌

但《西游记》既然是艺术经典，不是单讲宗教，就还有第二点，赞美"心猿意马"的奔放壮丽。赞美"心猿意马"，其实是礼赞生命和青春，"青春之歌"一般都洋溢着某种逆反意味，但也最充满激情和魅力，因为青春也就是活力，让人永远怀念。前七回孙悟空的传奇经历，也就是孙悟空的青春之歌。这当然是一支不同寻常的青春之歌，因为是通过神怪情节来描写的。但也正是这种变形的神怪的写法，有了更大的概括性、更强烈的象征意义，更加耐人寻味。青春的好奇、发现、困惑、激情、奋斗、冲突、沮丧、喜悦等五味杂陈的内容，其核心就是思想欲望，也就是"心猿"。

孙悟空的青春奋斗，肯定了欲望的合理，肯定了积极追求的合理，也就是认为生命本能是合理的，甚至是神圣的。正是不断增生的欲望，不断主动地思考，然后不断积极地行动，体现了生命的活力、生命的美丽和魅力，也赋予并深化了生命的意义。这也就是"心猿"的生动和神奇。

孙悟空是天生石猴，他一诞生就惊动上天，表现了不凡，这也就是对生命本身的赞美。在发现花果山水帘洞的过程中，就第一次展现了"心猿"也就是欲望的能动性和思想的主动性。面对滔滔水流后面未知的世界，所有的猴子都既好奇又恐惧，不敢去探索，也就是不敢释放自己的欲望，不能把欲望付诸行动，这时石猴立刻高呼："我进去！我进

080

去！"从而发现了"花果山福地，水帘洞洞天"，被群猴尊为猴王。这是"心猿"——欲望的初露锋芒。

紧接着的情节是，在度过逍遥自在的漫长岁月后，猴王"忽然烦恼"，提出了有生必有死的人生意义问题，并进而远渡重洋去访道求真，要超脱生死轮回。这是"心猿"——思想的再展风华。描写孙悟空扎筏子渡海，经过千辛万苦，渡过两重大海，投奔到菩提祖师门下后，又经过了七年"扫地锄园，挑水运浆"当学徒的磨炼，才被菩提祖师传授了本领，思想内涵正是青春的磨砺和苦斗，是对所谓"不吃苦中苦，难为人上人"青春之歌中奋斗成长的正面肯定，也就是对"心猿意马"具有正能量这个侧面的弘扬。

孙悟空学得了筋斗云、七十二变等超凡本领，正像一个青少年通过刻苦的学习，十年寒窗苦读，硕士博士毕业，就要走向社会，展示自己的本领，并从而实现自己的价值，当然也希望获得丰厚的回报。这就是后面描写的龙宫索宝、地府除名、天宫就职等一系列故事所实际包含的文化象征。当然这些描写充满了各种奇特的想象，荒诞的情节，但其中表现的荷尔蒙四溢的青春激情，青春无畏，青春无赖，调皮捣蛋，英气霸气，则是最吸引人的，因为这些描写实际上暗合了每个人青春成长的心理变迁。

这种青春激情的豪放，发展到大闹天宫的故事，达到了极致。太白金星第一次来到花果山代表天庭"招募"孙悟空上天时，孙悟空"急整衣冠，门外迎接"，并"安排筵宴款待"，心情迫切，态度热情，到天庭被委任为弼马温后，一上任非常敬业，工作热情极高，所谓"弼马昼夜不睡，滋养马匹"。这里当然还有一点知识需要了解，为什么养马要"昼夜不睡"呢？因为"马无夜草不肥"，要把马养好，必须夜里也喂饲料，"滋养"一词用得好。孙悟空是一个满怀饱满热情拥抱社会，努力认真工作的刚入职场就业的青年。

当然，很快发生了逆转，孙悟空知道弼马温是"未入流"

的小职务后，认为"玉帝轻贤"，自己受到不公正待遇，勃然大怒，立刻不辞而别，返回花果山。但经过一场战斗，打败了天庭的巨灵神和哪吒三太子，让天庭知道了自己的实力，就又接受招安，去天庭担任了新的职务齐天大圣。这是所谓"有官无禄"的虚衔，类似于名誉主席什么的，但虚荣心得到了满足，孙悟空也志得意满。

后来偷仙桃、仙酒、仙丹，而"大闹天宫"，搅乱了蟠桃盛会，写得很热闹，其实仔细想想，就是一种无法控制的青春的冲动，一个顽劣少年恶作剧，和成人社会捣蛋，搞怪，整得全社会不得安宁。齐天大圣和十万天兵对垒战斗，虽然最后被如来佛压在五行山下，那战斗的场面过程，却写得英风勃勃、回肠荡气，充满了青春的豪情，其实是对"心猿"也就是人的欲望作了最充满激情的赞美，如"大圣一条如意棒，翻来覆去战天神""打退了哪吒太子，战败了五个天王"。这在孙悟空跳出太上老君的炼丹炉后的描写中，达到了最高峰。所谓"打得那九曜星闭门闭户，四天王无影无踪""那猴王不分上下，使铁棒东打西敌，更无一神可挡"。

这其实是对青春激情的最高礼赞，也就是赞美"心猿意马"的奔放壮丽。这种对青春、对生命激情、对人的欲望——"心猿"赞叹、礼赞，渗透在字里行间，非常耐人寻味。

比如太白金星初次去招安孙悟空上天，因为孙悟空筋斗云快，先到了南天门，守门的天将不认得他，不让他进去，后来太白金星赶到，对孙悟空说这是因为"天丁与你素不相识"，将来授了官职，自然就"随你出入"了。孙悟空听了以后，回了一句："这等说，也罢，我不进去了。"这句话很值得品味，把一个无知而莽撞少年的随性、混不吝的心态和神态写得跃然纸上。又比如，孙悟空搅乱了蟠桃会，又二次上天偷仙酒回花果山与群猴共享，这时十万天兵天将包围花果山，九曜星君前来挑战，小猴来报，孙悟空却两次都不理睬，不在乎，说"今朝有酒今朝醉，莫管门前是与非"，"诗酒且图今日乐，功名休问几时成"。面对泰山压顶的天兵天将，孙悟空居然如此不当回事，显示其神通广大无所畏惧还在其次，主要是表现一种青春的醉意，生命早期的陶醉，也就是"心猿"——欲望的美丽。德国哲学家尼采说过"酒神精神"，就是像人的青春期那种喝醉了酒一般的精神状态，让人感到惬意，感到最幸福。

这种对"心猿"——欲望的赞美，可以说贯穿全书，即使在西天取经路上，主题已经转换，仍然时常写孙悟空回忆当年大闹天宫时的豪情故态，洋溢着情不自禁的向往和自豪。如孙悟空说"老孙自小儿做好汉，不晓得拜人，就是见了玉皇大帝、太上老君，我也只是唱个喏便罢了"（第十五回）；遇到妖魔要请天庭帮忙，让五方揭谛通知玉皇大帝，孙悟空却说"若道半声不肯，即上灵霄殿，动起刀兵"（第三十三回），等等。前七回的孙悟空传记成了全书最吸引人的章节，因为我们都通过阅读回到了自己的青春时代，感受到了生命力勃发欲望膨胀（也就是"心猿意马"没有拘束）的那种激动、得意、豪放和美丽。

总之，孙悟空出世、访道、闹天宫，歌颂青春，赞美心猿，魅力无穷。

三、"心猿意马"的纠结

（一）心猿意马需要驯服

但"心猿"——欲望也是物极必反，过于张扬奔放，也就开始变成负能量。这个主题，从孙悟空被如来佛压在五行山下，就开始逐渐转换了。也就是从赞美"心猿意马"的奔放壮丽转化为表现驯服"心猿意马"的艰难曲折。

孙悟空首先被太上老君投入炼丹炉，结果是跳炉而出，也就是驯服心猿没有奏效；再被如来佛压到五行山下，并用一张写着"唵嘛呢叭咪吽"的帖子贴到山顶镇压他。这六字真言又叫六字大明咒，它的作用就是镇压孙悟空的妄心、乱心等，其实就是镇压"心猿"——欲望。这种镇压持续了五百年都没有完全解决问题，唐僧救出孙悟空后开始了西天取经的考验和磨炼，继续驯服"心猿"的漫长过程。

西天取经，唐僧师徒五人（包括白龙马）都成了"心猿"需要驯服的象征，孙悟空是猿猴，白龙马是马，也是"心猿意马"的一种艺术表现。第十五回回目"鹰愁涧意马收缰"，是收伏白龙马的故事，第三十回回目"意马忆心猿"则是白龙马劝说猪八戒去花果山请孙悟空回来的故事。西天路上的各种妖魔鬼怪和艰难曲折也就是"心猿"——欲望的化身。每一次妖魔孽障，其实都隐喻与"心猿"——欲望的反复斗争。

（二）生命意志和自由的悖论

一方面赞美心猿意马的辉煌壮丽，另一方面又展现驯服心猿意马的必要性和艰难曲折，这就构成了一个核心主题：心猿其实是一种生命意志的悖论，也可以说是"自由的悖论"。悖论就是矛盾论和辩证法，往哪边说都有道理，左右为难。

人只要一出生来到这个世界上，就必然为了生存下去和生存得好而开始奋斗，正如鲁迅所说"一要生存，二要温饱，三要发展"。前面说过，青少年时期，在人的一生中无疑是最关键也最有意思的，人的身体在发育变化，人的思想也在骚动变化，对自由有着强烈的向往，对前途有着无限的企盼，不断展现青春的魅力，逆反情绪在这个时期最突出最强烈，野心、雄心，其实是一回事，就是生命力的自由爆发。用《西游记》的说法，就是"心猿"失控，"意马"无缰，自由自在，为所欲为。

但这必然要与外界发生碰撞，人的外在世界和内在世界，成长的心灵都不断有新的发现也产生困惑，不断面对新的问题要想办法解决，这是青春的苦恼。而且人不可能永远停留在青少年时代，很快会长大，进入成人社会，就面临着必须压抑荷尔蒙充溢所包含的无目标的暴力因子。那种漫无限制的本能的肆意发泄，必然与集体的规则和既有的秩序构成冲突。所谓"成长小说"就反映人类这个永恒的魅惑，《西游记》也是某种意义上的"成长小说"。

孙悟空大闹天宫，无神可敌，把自由的欲望发挥到了极致，也就引出了"自由的限度"问题。因为一个人的自由是以另一个人的自由为界限的，超越了这个限度，自由就走向了它的反面——专制暴虐。我们可以作一种假设，就是如来佛也降伏不住孙悟空，孙悟空最后成了天地的最高主宰，这时如果他仍然要坚持生命自由为所欲为的意向，他只能依靠武力，也就是成为一个暴君，对宇宙间的亿万生灵来说，那可能比在玉帝治下更悲惨。孙悟空将成为天庭版的朱元璋和洪秀全。自由走到极端就是专制。自由欲望的无所限制和完全实现就是这样矛盾。所以从大闹天宫的孙悟空变成西天取经的孙行者，就是必然要发生的转型。

（三）生命必须转型

孙悟空向孙行者的转型，是生命悖论和自由悖论的生动体现。唐僧、猪八戒、沙和尚、白龙马同样如此，从被贬的金蝉子到取经的唐三藏，从猪刚鬣到猪八戒、猪悟能，从流沙河水怪到沙僧、沙悟净，从龙王之子到白龙马，转型的象征是一样的。唐僧本来是如来佛祖的二徒弟，因为不认真听讲被佛祖贬出西天，投胎转世成为凡僧。猪八戒和沙和尚本来也是天将，都在蟠桃会上犯了错误而被贬下凡。白龙马本是西海龙王的儿子，因为纵火烧了殿上明珠犯了不孝的罪而受罚。他们犯错误，都是因为没有控制住"心猿"——欲望的缘故。

这里面有一个很巧妙的艺术比喻，就是桃子和心的形状相似，因而成了心的象征。孙悟空偷吃蟠桃，搅乱了蟠桃会，猪八戒在蟠桃会上喝高了后去调戏嫦娥，沙和尚在蟠桃会上打碎了琉璃盏，其实都是暗示心出了问题，也就是"心猿"——欲望没有控制好而导致恶果。第二回菩提祖师问孙悟空来了几年了，孙悟空说山中无历日，只记得山后有一山好桃树，在那里吃过七次饱桃，所以来了七年了。心较比干多一窍，这是说林黛玉的，商朝的比干有玲珑七窍心。这里说吃了七次桃，象征玲珑七窍心该开窍了，所以接着写菩提祖师教孙悟空各种本领。《西游记》凡写到桃子，都和心的象征有关。

前七回的孙悟空，还没有被"加冠"，是不受约束的顽皮孩子，是敢于向体制挑战勇于造反的妖怪，因此，其生命中的一切能量都不受任何制约地发挥出来，自由和野性得以尽情发挥，处处是生命原始力量的张扬，给人的感觉是酣畅淋漓痛快。到了取经路上，孙悟空被戴上了紧箍咒，受到了限制，开始了生命的转型和自由的转型，"改造世界观"，有了更深刻的"意义"追求，更加促使人思考。

总之，万变不离其宗，无论是"天路历程"还是"心路历程"，《西游记》要表现的，是"心猿意马"本身的丰富性、复杂性，以及驯服它的曲折性、艰难性。作为第一主角，从石猴到美猴王，到孙悟空，到弼马温，到齐天大圣，到孙行者，到斗战胜佛，是成长的历程，是自由的转型，是从英雄到圣贤的转型，是意义的追寻，其中有丰富的文化密码，也有众多的艺术"秘密武器"，体现着《西游记》作为文学经典的神圣。

一、盘点女妖怪，先说白骨精

《西游记》里有一些女妖怪，成为唐僧西天取经路途中必须排除的障碍。探讨这方面的文章往往流于浮泛，其实这些女妖怪有很丰富的文化内涵和巧妙的象征意义。

首先我们统计一下唐僧师徒在取经途中先后遇到的女妖怪：

第二十七回"尸魔三戏唐三藏"中的白骨精；

第五十五回"色邪淫戏唐三藏"中的蝎子精；

第五十九回至第六十二回过火焰山时的

铁扇公主和玉面狐狸精；

第六十四回"木仙庵三藏谈诗"中的杏树精；

第七十二回"盘丝洞七情迷本"中的蜘蛛精；

第七十八、七十九回比丘国的狐狸妖后；

第八十回至第八十三回无底洞的老鼠精；

第九十三回至第九十五回的玉兔精。

那么，《西游记》中孙悟空三打白骨精的故事是什么样的象征和寓意呢？

这就要再细细玩味"尸魔三戏唐三藏"的回目和有关白骨精的情节。小说描写，"果然这山上有一个妖精"，听说唐僧是金蝉子转世，吃他一块肉，长寿长生，因而三次变化凡人来迷惑唐僧师徒，企图趁机抓走唐僧去大快朵颐。但小说却并没有交代这是个什么妖精，直到孙悟空第三次打死了妖精，现了原形，"是一堆粉骷髅在那里"，孙悟空对唐僧说："他是个潜灵作怪的僵尸，在此迷人败本，被我打杀，他就现了本相。他那脊梁骨上有一行字，叫做白骨夫人。""白骨精"的名目由此而来。因为"叫做白骨夫人"，所以她应该是个女妖怪。但按照传统关于生死轮回的一般逻辑，人死了，魂魄就被勾到地府去了，剩下一具僵尸怎么还能"潜灵作怪"呢？勾魂的阎王鬼判能如此玩忽职守不负责任吗？显然有些说不通。

这种有些胡编乱造的情节，其实自有其微妙寓意。原来道教有"斩三尸"的信仰，而佛教有"修白骨观"的说法。"尸魔三戏唐三藏"是象征"斩三尸"的，"白骨夫人"的名号则暗含了"修白骨观"的象征。

什么是"三尸"呢？为什么要"斩三尸"呢？道教典籍《梦三尸说》这样说："人身中有三尸虫。""三尸"其原型是三种虫子，代表人体内部的三种欲望。"三尸虫"再具体化，包括上尸三虫，在人的头内，名彭侯，让人蠢笨无智慧；中尸三虫，在人的胸中，名彭质，让人烦恼妄想无清静；下尸三虫，在人腹内，名彭矫，让人贪图男女饮食之欲，统一称为"三尸九虫"。"尸"其实就是停留存在的意思。修道者必须铲除和消灭这"三尸之根"，也就是斩除"执念"，"斩得三尸，即证金仙"。

另外，《太清中黄庭经》说三尸虫是潜伏在颅、胸、腹中的阴气，阴气不除尽，修道就难以成功，难得纯阳之体，也就不能消除心的"散乱"和"昏沉"二相。《清净经》则说三尸乃潜伏在督脉三关里的阴气，故斩三尸是修行的必须。这些说法大同小异，因为在传统"一阴一阳之谓道"文化框架中，阴也是女性的符号，故代表"三尸"阴气的白骨精就被叫作"白骨夫人"了。同时，白骨观是佛家修持法，乃五门禅法之一，通常由不净观、白骨观、白骨生肌和白骨流光四步组成，主要目的是熄灭对色身的贪恋。

由于是这样的象征寓意，所以白骨精的女性身份其实并不十分突显，她并没有像后面出现的女妖怪要和唐僧成亲。

白骨精的目的是"吃唐僧肉"——她是西天路上第一个要吃唐僧肉以图长生不老的妖怪。

所以，在孙悟空三打白骨精的故事里，要传达的寓意就是"斩三尸"，即要西天取经成功必须进行"斩三尸"的修行，必须清除体内的"阴气"——也就是各种凡俗欲望产生的干扰。孙悟空第三次把白骨精打死了，但唐僧却在猪八戒的挑唆下把孙悟空赶走了，正象征"斩三尸"是很难的，是不可能一次成功的。而这个故事里主要的"尸虫"，就是取经团队的内部凝聚力问题。

猪八戒对孙悟空有嫉妒心，他想挤走孙悟空自己当大师兄。唐僧也由于前面镇元大仙那里孙悟空出尽风头而对这个高徒有点拈酸吃醋，这在第二十七回开头有明确的描写，唐僧突然责备孙悟空不肯尽心服侍自己，并重提自己把孙悟空放出五行山的大恩。当然后来的事态发展，让猪八戒明白大师兄并不好当，利益很少而责任极大，需要有大本领，才能胜任，而自己并没有这种素质。所以在宝象国被黄袍怪打败后，在白龙马的苦求下，只有厚着脸皮去花果山把孙悟空请回来。唐僧也终于明白如果没有孙悟空，自己是去不了西天也取不成经的。这才是这一次"斩三尸"的真实结果：经过这一次折腾，取经团队内部整合了，团结了，来自"五湖四海"的取经五众终于为了共同的目标齐心协力艰苦奋斗了。这种格局一直维持到走完取经一半路程而到达通天河，在后一半途程开始后才又一次出现团队的内部整合问题，就是六耳猕猴象征的"二心搅乱大乾坤"。

所以，三打白骨精的故事基本上和妖怪的男女性别关系不大，它只是"斩三尸"和"修白骨观"寓意的形象体现。后面的女妖怪则与白骨精大不相同，各有各的特殊象征意义。第五十五回中的蝎子精，正如回目所标明的，"色邪淫戏唐三藏"，是象征色欲的一次严重考验。

对色欲的诱惑和危害，几乎所有的传统意识形态理论系统中都高度警惕，几大宗教无论基督教、伊斯兰教、佛教，或者中国本土的道教和儒教，都没有例外。正如《孟子》中引告子的话："食色，性也。"食关乎个体的肉身能否维持存在，色则关乎繁殖后代即种属的延续，都是生命本能的原始冲动。色欲来自本能，又产生极大的愉悦感，为了满足色欲，个体会冲动得不考虑后果而无所顾忌。因此，凡是以超凡脱俗为目标的修行，推而广之要去成就某种伟大的事业，有效地戒绝色欲都是极其重要的。《楞严经》说："淫心不除，尘不可出。""万恶淫为首"也成了普遍流行的社会箴规。

《西游记》中唐僧师徒西天取经，以取回真经教化众生为奋斗目标，是庄严神圣的事业，对取经团队的各种考验中，色欲的试炼也就反复进行。唐僧师徒五众刚集合齐了不久，就是"四圣试禅心"，四位菩萨变化成美女，考验唐僧和他的三个徒弟（小白龙已经变成了马，免试）。结果猪八戒没有经受住考验，吃了许多苦头后被在树上吊了整整一夜，所谓"圣僧有德还无俗，八戒无禅更有凡。从此净心须改过，若生怠慢路途难"。这也就暗通了佛教之"修白骨观"，在通俗文化中常演义为要看到美女的"本质"其实是"粉骷髅"——最终是狰狞恐怖的"白骨精"。

二、蝎子精的隐喻

蝎子精的故事与西凉国女王要招赘唐僧为婿的事紧紧相连。西凉女王要招唐僧为婿，这自然是对唐僧的又一次试炼，对方贵为女王，如果招亲，则唐僧做国王，女王为王后，诱惑就不仅是美色，而且还有顶级的荣华富贵。那么唐僧是否经受住了这次试炼呢？小说的遣词造句其实透露唐僧已经心猿意马难以把持，并没有像四圣试禅心时那么坚定。女王娇滴滴地扯住唐僧，俏语娇声，说："御弟哥哥，请上龙车，和我同上金銮宝殿，匹配夫妇去来。"而唐僧的表现是"战兢兢立站不住，似醉如痴"，已经不是禅心静如古井水，而是色心荡漾如春水了。因此，虽然唐僧最后告别女王声明仍然要去西天取经，他的表现其实并不完全合格，于是出来一个蝎子精，把唐僧摄走了，这就是暗示唐僧没有经受住色欲的考验。清代的陈士斌在《西游真诠》中这样评点"西凉国留婚四十三难"："评者谓三藏八十一难中，当以此为第一大难，洵知言哉！"汪象旭也说："所谓处逆境易，处顺境难也。不然，彼举国君臣，玉帛相见，饮食宴笑，何乐如之，而乃列之灾难簿中，名为四十三难，何哉？"

唐僧被女王的柔情打动，然后被蝎子精俘去——这其实是一种因果关系，蝎子精就是色欲威力的象征。因此蝎子精是西天路上本领最高强的妖怪。第五十五回描写孙悟空和猪八戒师兄弟联手大战蝎子精，结果居然是"三个斗罢多时，不分胜负"！蝎子精一个居然顶孙悟空猪八戒两个！而且她还有"倒马毒桩",把孙悟空的头扎了一下,孙悟空就"负痛败阵而走"。后面孙悟空自己说:"我这头,自从修炼成真,盗食了蟠桃仙酒,老子金丹;大闹天宫时,又被玉帝差大力鬼王,二十八宿,押赴斗牛宫外处斩,那些神将使刀斧锤剑,雷打火烧;及老子把我安于八卦炉,锻炼四十九日,俱未伤损。今日不知这妇人用的是甚么兵器,把老孙头弄伤也!"

观音菩萨变化成老妈妈指点孙悟空去找昴日星官,并且说自己也降伏不了蝎子精,所谓"我也是近他不得"。观音甚至告诉孙悟空蝎子精把如来佛的拇指扎了一下,"如来也疼难禁",所以蝎子精在与孙悟空交战时,曾说:"你那雷音寺里的佛如来,也还怕我哩。"蝎子精的毒钩如此厉害,寓意就是色欲的魔力实在太巨大了。故而清人张含章评点说:"色欲之利害(厉害)也如是。"

降伏了蝎子精的是二十八宿里的昴日星官,是个双冠子大公鸡。他现了原形对着妖精一声啼叫，蝎子精就现了本相，是个琵琶大小的蝎子，公鸡再啼叫一声，蝎子就死了。表面上，这是从公鸡能吃蝎子的"生物链"想象而来，其实隐喻的内涵还是性的相生相克。公鸡是男性性器官的象征，俗语所谓"鸡巴"，而蝎子是女性性器官的形象化，双冠子大公鸡，当然阳刚十足了，故而阳胜阴、雄克雌。顺便说一句，《封神演义》里迷惑纣王的三个女妖精，一个九尾狐狸，一个九头野母鸡，还有一个玉石琵琶精。这个玉石琵琶精其实就是从《西游记》里写"琵琶大小的蝎子"模仿来的，因为蝎子的形状像个琵琶。玉石琵琶精其实是个蝎子精，但《封神演义》没有点明白，只说"玉石琵琶精"，就让读者有点云里雾里。

蝎子精是色欲的象征，所以第五十五回有大段蝎子精勾引唐僧的描写。蝎子精给唐僧吃邓沙馅（即豆沙馅）馍馍，又问唐僧为什么喝了子母河的水，而唐僧回答"水高船去急，沙陷马行迟"。好像是禅偈，其实还是讲色欲的厉害。所以接着描写变成蜜蜂的孙悟空"听着两个言语相攀，恐怕师父乱了真性"——即害怕唐僧在蝎子精勾引下意志不坚定而起色心。虽然后面又描写"那女怪扯扯拉拉的不放，这师父只是老老成成的不肯"，唐僧还是经受住了引诱的。为什么这次孙悟空变蜜蜂而不是变别的昆虫呢？就因为蜜蜂有"蜜"又有"刺"，既甜蜜诱人又能蜇人，可以和本回隐喻色欲的氛围相谐调。

而在刚进入女儿国时，唐僧和猪八戒误饮了子母河的水而怀胎，孙悟空和沙僧去解阳山破儿洞讨要落胎泉水，费了很大周折才得到泉水而给唐僧和猪八戒打了胎。这个故事很搞笑，寓意则是口腹之欲和性色之欲双双困扰取经团队，而主要的受困者是唐僧和猪八戒。猪八戒一贯好色，唐僧后面在女儿国也没有完全经受住考验，这些情节前伏后应，十分巧妙。

三、铁扇公主和玉面狐狸

　　第五十九回至第六十二回过火焰山的故事中，有两个女妖，牛魔王的妻子罗刹女铁扇公主和小妾玉面狐狸精。不过这两个女妖都和要吃唐僧肉或要勾引唐僧无关，她们有另外的隐喻。佛教里面牧牛是重要的修行公案，《坛经》所谓"有无俱不计，长御白牛车"。《五灯会元》中长庆大安禅师论道，说水牯牛变成白牛，比喻修持已经成功。宋代流行《牧牛图》和《牧牛图颂》，用连环画形式喻示修行的阶段，宋代以后，《牧牛图颂》多达五十余种，并流传到朝鲜和日本的佛学界。著名的如普明禅师的《牧牛图颂》，描写放牧中的一头黑牛变成白牛的过程，先变头角，再变牛身，最后变尾巴而通体洁白，比喻证成佛道。牛魔王的形象就隐含了这个佛教寓言，降伏牛魔王的过程其实是克服酒、色、财、气四种凡俗欲望的象征。

铁扇公主是牛魔王的发妻，因为儿子红孩儿被观音菩萨收伏做了善财童子而怪罪孙悟空，不肯借芭蕉扇灭火焰山的火，是在斗气。玉面狐狸有万贯家财，招赘牛魔王为婿，隐喻财和色。牛魔王因参加碧波潭龙王的酒宴而被孙悟空偷盗了坐骑辟水金睛兽去欺骗铁扇公主，暗示了吃酒贪杯的危害。最后在孙悟空猪八戒以及如来佛派来的四大金刚和玉帝派来的李天王哪吒等佛兵神将围攻下，牛魔王被降伏，现了原形变成大白牛被牵往西天，扇灭了火焰山后铁扇公主也皈依了佛门，这一系列情节都是修炼身心摆脱尘俗而超凡入圣的隐喻。《西游记》第二十回开头偈诗中有："绒绳着鼻穿，挽定虚空结。拴在无为树，不使他颠劣。……人牛不见时，碧天光皎洁。"正呼应了降伏牛魔王的故事。牛魔王和铁扇公主皈依了佛教，玉面狐狸被杀，碧波潭龙王一家后面也被族灭，正是酒、色、财、气终于被克服的形象化体现。

针对最后用芭蕉扇扇灭了火焰山，《李卓吾先生批评西游记》的评批也予以点拨："谁为火焰山？本身烦热者是。谁为芭蕉扇？本身清凉者是。作者特为烦热世界，下一帖清凉散耳。读者若作事实理会，便是痴人说梦。今人都在火坑里，安得罗刹扇子，连扇他四十九扇也？"三调芭蕉扇，过火焰山，铁扇公主，玉面狐狸，都是克服欲念的故事演义，这对贪腐色欲横流而"浮躁"不安的当今社会，也有警示意义。

四、杏树精怎么了

第六十四回"木仙庵三藏谈诗"，是几个树妖摄了唐僧去搞文艺沙龙，月白风清，吟诗禅悦，风流文雅，但最后来了个杏树精，"妖娆娇似天台女，不亚当年俏姐姬（即迷惑商纣王的妲己）"，对唐僧"渐有见爱之情，挨挨轧轧"，开始色诱，其他几个树妖则说要给唐僧和杏妖保亲做媒。后来天快亮了，孙悟空等三个徒弟找了来，树妖们就消失了。而最后的结局，是猪八戒把松、柏、竹、杏等树妖原身都一顿钉耙，"一齐皆筑倒"，连根刨起，"那根下俱鲜血淋漓"。读者一般都会觉得这一节写得有些无理，为何对并无大过恶的树妖如此残酷？

其实之所以这样写，就重在思想寓意。"荆棘岭"妖孽、"木仙庵谈诗"，是针对所谓"绮语磨不尽"（苏轼《次韵僧潜见赠》）的"文字障"，即警惕文艺作品对人性的蛊惑。清代的陈士斌评点说："荆棘生于人之胸中。人胸中在在（在在即到处之意）荆棘，人人胸中有荆棘，而荆棘弥天漫地，宁独一荆棘林哉！……凡古往今来鸿章丽词，藻绘缤纷，淹博兴该，敏妙绝伦。或故为涩晦，以夸渊奥；或放言触忌，以逞才情；或宏辩百折，滚滚不竭，以资议论。按其实义通无关于身心性命之学者，皆荆棘也！不特此也，凡著书立言，谈玄阐幽，而不能身体力行，徒搦管掉舌，道听途说，虽发尽道妙，可法可传，亦是鹦鹉巧簧，慢侮圣言，皆如木仙庵谈诗，而为荆棘之尤甚者矣！"这和鲁迅立"遗嘱"要儿子不要做"空头文学家"和"空头艺术家"有相通之处。

　　这一回的木仙庵谈诗与下一回的假西天成双配对，"妖邪假设小雷音"是对"伪学术"的批判。陈士斌说："前篇假仙矜夸资禀，不事修持，徒资讲论，虚作诗文，僻居逸处以为怪。此篇假佛窃取名理，工饰外貌，多诱善惑，人莫辨识。似是而非以为妖，彼自害而害人者小，此害人而至于陷命灭性，乃以学术杀天下后世也，所以为大厄难！"假西天的黄眉怪比木仙庵的树妖危害更大。用现在的"段子"话语可以这样概括：诗歌之美，在于煽动男女出轨——故为荆棘岭；学问之美，在于让人一头雾水——故为假西天。杏树变为女妖诱惑唐僧，虽然是个小插曲，也意味悠长。

五、蜘蛛精和狐狸妖后

第七十二回"盘丝洞七情迷本"中的蜘蛛精，第七十八、七十九回比丘国的那个狐狸妖后，第八十回至第八十三回无底洞的老鼠精，第九十三回至第九十五回的玉兔精，都是色欲诱惑的象征，但艺术表现多姿多彩，各不雷同。

盘丝洞的七个蜘蛛精，回目已经点明，是"七情迷本"。七情即喜、怒、哀、乐、爱、恶、欲。汪象旭针对蜘蛛精吐丝作妖法的情节说："丝者，思也。此心本愿，何思何虑。世人憧憧扰扰，因思而生情。因一情而生七情。于是一心以为喜，一心以为怒，一心以为哀惧，一心以为爱恶欲，而心始不胜其芬矣。"猪八戒跳到濯垢泉和女妖精一起洗澡，并变成一条鲇鱼在女妖精腿裆里乱钻，色欲的象征明显。蜘蛛精吐丝造成的"天蓬"软绵绵的，连孙悟空的金箍棒也奈何不了，而蜈蚣精则有能迸射金光把人照得头昏眼花的"百目"——其实是"色目"的隐喻。最后孙悟空用毫毛变出小猴子，用"双角叉儿棒"搅乱了蜘蛛精吐出的丝绳，消灭了蜘蛛；而蜈蚣精则被毗蓝婆菩萨用绣花针扎瞎了那一百只眼后收走。

这些有趣的情节，其寓意则是"情丝""色目"都被克服了。因而下一回的开头，就有诗曰："情欲原因总一般，有情有欲自如然。沙门修炼纷纷士，断欲忘情即是禅。"诗后面描写："话表三藏师徒打开欲网，跳出情牢，放马西行。"

比丘国的妖道把一个狐狸精献给国王当王后，当然是美色蛊惑，国王因此昏乱，听信妖道邪说，要用一千一百一十一个小儿的心肝做药引。孙悟空用法术藏起了众小儿，最后寿星前来，收走了妖道，原来是他的坐骑白鹿，而那个狐狸妖后，则被猪八戒打死了。在这个故事里，狐狸妖后是配角，情节不多，主要是表现在经历了狮驼国后，孙悟空已经超凡入圣，成了真正的"比丘"，救苦救难的佛菩萨，救了一千一百一十一个小儿的性命。

六、老鼠精和玉兔精

无底洞老鼠精，紧接着比丘国出现，又是要和唐僧成亲。老鼠能打洞，越打越深，无有底止，暗示欲望的诱惑一个方了一个又生，永远没有尽头。不过除了美色的再次考验外，老鼠精的故事还有另外的寓意。老鼠精又叫地涌夫人，是从老鼠打洞扒出土壤而来，但还叫半截观音，则从"半截"赋予象征意义。唐僧救了老鼠精后，住在镇海寺生起病来，感到将沉疴不起，因而要给唐王修书，说自己不能完成取经任务了，请唐王另外派人。这是取经事业将"半途而废"的意思，故小说中用不少情节细节渲染"半截"。

比如初次遇到老鼠精变成女子被绑在黑松林的树上，是

"上半截使葛藤绑在树上，下半截埋在土里"，后来到了镇海寺，庙宇前面破旧，后面辉煌，也寓意"半截"。此外还描写庙宇的二门有一口铜钟，"札在地上，上半截如雪之白，下半截如靛之青。原来是日久年深，上边被雨淋白，下边是土气上的铜青"。张书绅评点曰："钟有半截，寺有半截，则人亦莫不有半截也。然人只见后半截之可悲，不知前半截之可惜，故曰'陷空'，曰'无底'。"

老鼠精把唐僧摄入无底洞，又以色诱，一口一个"唐僧哥哥"，叫得十分亲热，唐僧为了活命，只得回叫"娘子"。变成苍蝇的孙悟空"暗中笑道：我师父被他这般引诱，只怕一时动心"，后来孙悟空又变成一只桃子，让唐僧假装亲热，哄妖精吃下肚去。在《西游记》中，凡写到桃子，都暗示乃心的象喻，心猿意马，一旦凡心蠢动，则妖怪出现而磨难丛生。

无底洞的故事从第八十回到第八十三回，整整四回书，相当曲折，核心意蕴还是色欲对心的试炼。第八十回回目有"姹女育阳求配偶"，第八十二回有"姹女求阳"，第八十三回则是"姹女还归本性"。"姹女"固然是道教炼丹术语，在小说中则指老鼠精变成美女诱惑唐僧。李天王和哪吒收走老鼠精后，第八十四回开头，就描写"话说三藏固住元阳，出离了烟花苦套"。汪象旭评曰：《西游》之女魔多矣。其在山洞者有三：蝎子之洞曰琵琶，取象也；蛛之洞曰盘丝，指事也；而独于此处之鼠穴，名之曰陷空，曰无底。吁！可畏哉！其骇人也。"

无底洞脱难后，小说又穿插了两次"老鼠"的意象。一是第八十四回在灭法国，孙悟空在王小二店里变成老鼠学鼠叫以遮掩唐僧四众是和尚的真相，二是第八十六回隐雾山孙悟空又变成水老鼠，都是接续"无底洞"的象征，隐喻和心魔的持续斗争。

第九十三回至第九十五回三回书，是玉兔精变的假公主，彩楼抛绣球打中唐僧，要招他为驸马。这是即将到达灵山前最后一次色欲考验，不过玉兔精并不凶恶，代表月亮的太阴星和月宫里的姮娥仙子等降临，收走了玉兔，救回了被玉兔精摄走而关在给孤园的真公主。小说用许多篇幅描写国王嫁女招婿的富贵排场，"四僧宴乐御花园，一怪空怀情欲喜"，主要用意是在上灵山成佛之前再展示一番人间的荣华，告诉读者所谓人间的豪奢、尊荣和幸福也不过如此，并不值得留恋。

唐僧的父亲陈光蕊曾经被宰相的女儿彩楼抛绣球而成亲，唐僧在上灵山前夕也上演了这一幕，也是巧妙的前后呼应。清代张书绅评点："前有陈光蕊彩楼结亲，此又有唐三藏彩楼结亲；然一为唐僧受胎之始，一为玄奘明道之终。两座彩楼，一前一后，遥遥相应。"玉兔来自月宫，而月亮是太阴星，从象征层面来说，太阴与太阳，相反相成，克服了这一难，太阴去而太阳来，色欲的考试也就最终通过了。来收玉兔的不仅有月宫里的姮娥、霓裳仙子等，更突出领队是太阴星君，意味深长。第九十五回的回目"假合真形擒玉兔，真阴归正会灵元"正暗含了这个意思——阴极阳出，"灵元"胜出了。

《西游记》里的女妖怪，在色彩缤纷撩人眼目的情节描写中，蕴藏着多么丰富的内涵意蕴！

　　金圣叹评点《水浒传》和脂砚斋评点《红楼梦》时，使用了"草蛇灰线""一击两鸣"这样一些说法，指各种形式的伏笔、伏线、影射、象征等艺术手法。《西游记》的评点者们很少用这些术语，其实在《西游记》里，这些笔法也相当广泛地存在，前后文情彼此"遥遥相照"，传达隐寓微言。比如我们以前讲过的，唐僧的父亲陈光蕊，曾经被相府的小姐抛绣球打中而招亲，唐僧走到天竺国时，也被假公主玉兔精抛绣球打中。西天取经中途节点通天河畔的村落叫陈家庄，是有意和唐僧俗姓陈暗相对应。下面把前面没有涉及或者虽然提到但展开不够的一些伏笔或影射，以及艺术象征等技巧作补充阐释。

一、桃子——心

桃子，是《西游记》里的一大"草蛇灰线"，凡提到桃子，都是心的象喻，因为二者的形状相似。小说第一次提到桃子，在第二回，菩提祖师开坛讲道，孙悟空十分兴奋，"忍不住手之舞之，足之蹈之"，祖师问孙悟空来了多长时间了，孙悟空回答去山后打柴，见一山好桃树，在那里吃了七次饱桃。祖师就说："那山唤名烂桃山。你既吃七次，想是七年了。你今要从我学些甚么道？"研究者指出，道教经典《黄庭遁甲缘身经》上说，上智之人心有七孔，孙悟空吃桃七年，即心熟七孔，心智全开，可以学道了，所以紧接着写菩提祖师教孙悟空长生之法、筋斗云、七十二变等。

确实如此，玲珑七窍心是很流行的说法，比如《封神演义》中比干就有这样的心，《红楼梦》里赞美林黛玉聪明绝顶，说"心较比干多一窍"。要知道菩提祖师本人就是心的象征，所谓住在灵台方寸山斜月三星洞，灵台指心，方寸指心，斜月三星还是指心，菩提也是心灵觉悟之意。孙悟空说吃了七次桃子，表面上是说时间过去七年了，象征意义就是心开窍了、灵觉悟了，《西游记》的大主题"修心"开始了。

后面孙悟空剿灭混世魔王，闹龙宫，闹幽冥，天宫招安做了弼马温，嫌官小返回花果山，把前来问罪的巨灵神和哪吒打败，再次受招安而被封为齐天大圣，是"心"开始"骚动"的形象化演义。不久，孙悟空被玉帝派遣去看守蟠桃园，结果孙悟空监守自盗，把上等的蟠桃都偷吃了，并很快接上偷吃瑶池仙酒和老君金丹的情节，所谓："天产猴王变化多，偷丹偷酒乐山窝。只因搅乱蟠桃会，十万天兵布网罗。"如果明白桃是心的象征，则孙悟空这只"心猿""搅乱蟠桃会"

的微妙寓意就更加耐人寻味了。

再看猪八戒和沙僧，一个是因为蟠桃会上喝醉了酒调戏嫦娥而获罪，一个是蟠桃会上失手打碎了琉璃盏而被贬，都是在蟠桃会上发生问题。其象征内涵与孙悟空大闹蟠桃会一样，其实都是隐喻"心"的孽障。

在西天取经路上，也精心设置了桃子与心的象喻情节。第二十七回"尸魔三戏唐三藏"中出现的白骨精，是"斩三尸"的内涵，我们在论述八十一难的象征意义时已经说过。这一回一开头，唐僧抱怨孙悟空不好好服侍自己，孙悟空跳上云端，"手搭凉篷，睁眼观看"，然后对唐僧说："这里没人家化饭，那南山有一片红的，想必是熟透了的山桃，我去摘几个来你充饥。"结果孙悟空一走，白骨精就"变做个花容月貌的女儿"来迷惑唐僧师徒。显然，这里写孙悟空一去摘桃子，妖怪就出现，深意正是"心动"引来磨难。后面唐僧在马上吃了几个桃子，然后白骨精再次变化前来迷惑，结果是唐僧终于把孙悟空撵走。那微妙的暗示，是唐僧吃了桃子，自然就"多心"了"心乱"了。

第八十二回为降伏无底洞的老鼠精，孙悟空变成苍蝇飞到洞里，对唐僧说："你与他到园里，走到桃树边，就莫走了。等我飞上桃枝，变做个红桃子。你要吃果子，先拣红的儿摘下来。红的是我，他必然也要摘一个，你把红的定要让他。他若一口吃了，我却在他肚里，等我捣破他的皮袋，扯断他的肝肠，弄死他，你就脱身了。"唐僧依计而行，孙悟空果然跑到妖精的肚子里，逼迫妖精把唐僧背出洞。但一旦孙悟空从妖精肚子里出来，妖精又使法术，把唐僧重新摄入洞中。这个情节中孙悟空不变化别的水果如杏或梨等，还是以桃比喻心，影射唐僧受到色欲诱惑的考验。

形状与心脏相似的桃子，引申到思想欲望，在春秋时期的历史典籍《晏子春秋》中已经有所影响。其中记载齐景公手下公孙接、田开疆、古冶子三个勇士，为争夺两个桃子而先后自杀，即著名的"二桃杀三士"的故事，桃子即成为欲望的某种隐喻。

二、句里藏春的诗词

《西游记》里穿插有不少诗词，一些读者往往跳过不读。其实这些诗词是小说不可缺少的有机组成部分，它们往往和小说的人物情节密切结合，暗含象征隐喻，如果读懂了，更增加无穷趣味。

比如第七回"八卦炉中逃大圣"，孙悟空从太上老君的炼丹炉中跑出来，再次大闹天宫，"打得那九曜星闭门闭户，四天王无影无踪"，然后就有三首诗赞美孙悟空和他的金箍棒，但最后归结到："马猿合作心和意，紧缚牢拴莫外寻。万相归真从一理，如来同契住双林。"双林是释迦牟尼最后涅槃的典故，诗的意思是孙悟空的"心猿意马"终究要被如来佛所制伏而皈依佛门。而紧接着的一个情节却是"幸有佑圣真君的佐使王灵官执殿",拦住孙悟空打斗而"胜败未分"。读者可能会疑惑,这个王灵官是佑圣真君的一个佐使,好像只是个天庭的中下级武官,他怎么如此厉害?连四大天王都逃跑了,怎么他能和孙悟空打成平手?以前怎么没见他露面呢?

其实奥妙就在"佑圣真君"和"灵官"这两个称号。"灵官"者,心灵之主宰也,"王灵官"者,主宰心灵的君王也,"佑圣真君"和"佐使"者,护佑辅佐"真君"——心者也。孙悟空是"心猿"乱跳作反,王灵官则是心的护法神,故此王灵官能敌住孙悟空并能斗得"胜败未分"。

而最后如来佛降伏了孙悟空,玉皇大帝做安天大会酬谢如来,有诗予以赞美,开头两句是"宴设蟠桃猴搅乱,安天大会胜蟠桃",好像很平实的诗句,如果懂得蟠桃就是心的象征,那就妙在其中了。"猴搅乱"蟠桃会其实就是"心猿"捣蛋,心乱了,最后把"心猿"压在五行山下了,就"安天"——其实是"安心"了。召开蟠桃会本身就是心乱的象征；以蟠桃会始，必须以安天会终，即由"心乱"而"心安"的"心路历程"。

故而下一回开头，就是一阕《苏武慢》词，所谓"试问禅关，参求无数，往往到头虚老。……谁听得绝想崖前，无阴树下，杜宇一声春晓？……"澳大利亚汉学家柳存仁考证，此词乃金丹大师冯尊师所作，见《鹤鸣馀音》（元代仙游山道士彭致中编全真教诗词选本）卷二，主要内容讲禅悟和金丹之妙，《西游记》的确是融合三教，直指心源。

第十四回唐僧把孙悟空从五行山下放了出来，这一回开头就是一首长诗，所谓"佛即心兮心即佛，心佛从来皆要物。若知无物即无心，便是真如法身佛"云云，可谓开宗明义。有一些描写则需要特别琢磨才能知道其一击两鸣之真意。如孙悟空刚归唐僧，首先打死一只老虎，这时天色将晚，要找人家投宿，有一阕《西江月》词描写黄昏时节景色，最后两句是"一钩新月破黄昏，万点明星光晕"。清朝的陈士斌说："诗中有'一钩新月破黄昏'绝色丽句，读者不过目为点缀晚情闲情，不知伏虎之后，而偃月之形已宛然成象矣。"

这是说孙悟空打死老虎，象征消灭恶念，开始走上取经修行之路，正像"一钩新月破黄昏"，新月就是道心萌动的象征，直通"灵台方寸山，斜月三星洞"的心之隐喻。所以接下来的情节是回目所标示的"心猿归正，六贼无踪"，孙悟空又打死了六个强盗，而六个强盗名叫眼看喜、耳听怒、鼻嗅爱、舌尝思、意见欲、身本忧，正直切回目"六贼"，即佛教中所说眼、耳、鼻、舌、身、意六种器官带来的六种欲望。

第十七回"孙行者大闹黑风山"，偷去唐僧袈裟的黑熊精要开佛衣会，请来两个客人，一个是道人凌虚子，是个苍狼成精，还有一个是"白衣秀士"，则是一条白花蛇的化身。结果孙悟空撞来一棒子打死了蛇精，狼精则驾云逃走，后来请来观音菩萨，碰上凌虚子拿着仙丹去向黑熊精祝贺，才被孙悟空打死。这里面有一层象征意思，即黑熊精最强，却心向佛教，故后被观音菩萨收为弟子，道教次强，而儒者最弱。

同时，这些描写还融合了《水浒传》里面的情节。梁山泊第一任寨主王伦就绰号"白衣秀士"，而最没有本事，被林冲火并杀掉。《水浒传》第一回就出场的少华山三个强人，本事最差的是绰号"白花蛇"的杨春。孙悟空首先打死的是白花蛇变化的"白衣秀士"，可谓异曲同工。儒家尚文，不重武艺，小说里这些描写是一种艺术化的调侃。

第三十一回是猪八戒去花果山请孙悟空回来降伏奎木狼的故事。在这一回开头有一阕长短句，我们一般也不注意。其实里面隐喻的意思也很明确，即经过孙悟空因打死白骨精而被唐僧驱逐再被请回这一番折腾，唐僧师徒五众都斩了三尸（即"三打白骨精"），取经小团队的内部整合终于完成了。词句中所谓"金顺木驯成正果，心猿木母合丹元。共登极乐世界，同来不二法门"，所谓"兄和弟会成三契"，都是此意。

猪八戒是在白龙马的苦求下请回孙悟空的，正紧扣住了"心猿意马"的象征意义。

下一回（第三十二回）的开头也予以呼应："话说唐僧复得了孙行者，师徒们一心同体，共诣西方"，接着是描写"三春景候"的一阕词，好像是赞美大好春光，其实也是象征取经团队团结一致的精神面貌新气象："佳景最堪题""遍地芳菲"。

在经历了金角大王和银角大王的磨难后（象征金银财富的考验），第三十六回开始乌鸡国假国王篡夺皇权的故事，是象征权力欲望的诱惑和克服。这一回一开头，唐僧看到了前面的高山峻岭，因而"心中凄惨"，在马上感叹。感叹语用七言律诗表现：

自从益智登山盟，王不留行送出城。

路上相逢三棱子，途中催趲马兜铃。

寻坡转涧求荆芥，迈岭登山拜茯苓。

防己一身如竹沥，茴香何日拜朝廷？

　　表面上，这是唐僧感叹离开唐王朝西去取经的路途艰辛，"王不留行送出城"是指唐太宗送唐僧出长安城。但机带双敲，其措辞的巧妙却在于这是一首用中药名组成的诗歌。不仅三棱子、马兜铃、荆芥、茯苓、竹沥、茴香是中药材，益智和王不留行也是中药植物。医药古籍《证类本草》载有雷州益智子，李时珍引《南方草木状》说："益智二月花，连着实，五六月熟。"王不留行别名王不留、麦蓝菜，为石竹科植物麦蓝菜的干燥种子，能活血通经。而"三棱子"又可以隐喻孙悟空、猪八戒、沙僧三个顽徒，"马兜铃"则可暗指白龙马。

　　这一回的结尾，唐僧和孙悟空、猪八戒、沙僧师徒四人在夜间赏月，每人都吟了一首禅味悠长的诗歌，一方面这是为下回乌鸡国死国王的鬼魂出现铺垫气氛，另一方面更是隐喻唐僧"益智"，"三棱子"（三个顽徒）修行修心的觉悟。《李卓吾先生批评西游记》评点说："说月处大须着眼。行者、沙僧之语，人易知道；最妙是八戒二语，人容易忽略，特拈出之。八戒之语曰：'他都伶俐修来福，我自痴愚积下缘。'直说因果乃大乘之言，非玄门小小修炼已也。"

更有"伏脉千里"艺术意味的，是唐僧全用中药名的七言律诗，遥遥暗接第六十九回孙悟空开方子给朱紫国王治病的情节。那一回孙悟空用白龙马的尿调和药丸，后来国王问药方，孙悟空说有马兜铃，正与第三十六回中"途中催趱马兜铃"一句前后呼应。从乌鸡国到朱紫国，既是"天路历程"，也是"心路历程"，因佞道而被篡位身死的乌鸡国王，因失去王后痴情生病三年的朱紫国王，都需要用"药"医疗而"益智"，吃马兜铃——喝马尿。故而唐僧诗中表面是说各味中药，其实还是指"心药"——心病终须心药治。

过了通天河，取经已经走完一半路程，故而第五十回一开头是一阕《南柯子》词，这是有意关合"南柯一梦"的典故，暗含的意思，是前一半奋斗之梦已经实现，要开始新的梦魇考验了。这阕《南柯子》词，乃袭取金元之际全真道教七子之一马钰的《无调名·赠诸道友》词，其中只个别字句有变化，特别是马钰词原句"勿令喘息气声粗"变成了"勿令猿马气声粗"，突出"猿马"二字，关合《西游记》的关键词"心猿意马"。全词为：

心地频频扫，尘情细细除，莫教坑堑陷毗卢。
本体常清净，方可论元初。
性烛须挑剔，曹溪任吸呼，勿令猿马气声粗。
昼夜绵绵息，方显是功夫。

把人的本性比作燃烧的蜡烛，需要不断地"挑剔"灯捻，除去灯火燃烧留下的油渍残灰，才能保持光亮灿烂。"曹溪"即禅宗的别称，因为六祖惠能在广东省曲江县东南双峰山下曹溪宝林寺讲道而得名。"勿令猿马气声粗"非常明确地说与"心猿意马"的新一轮斗争即将开始了。紧接着取经团队果然出现了一系列问题，太上老君的青牛下界作怪，而唐僧师徒被捉拿却起因于猪八戒和沙僧贪图小便宜，走出了孙悟空画的那个圈，引出了青牛精能套走各种兵器法宝的金刚圈。

这些光怪陆离的描写，其实都是要继续克服"心障"的艺术演义，要"心地频频扫，尘情细细除"，要"本体常清净，方可论元初"。取经路途下一半的开篇，以这阕《南柯子》开头，确实笼罩后半程，揭示微言大义。第五十回回目"情乱性从因爱欲，神昏心动遇魔头"也标示明确，情性乱了，神智昏了，心意动了，"魔头"就出现了。

此后各回的诗歌，也大多紧紧扣住制伏心猿意马的骚动而含隐喻之意。如第五十六回"神狂诛草寇，道昧放心猿"，回目本身点明了真假猴王的故事核心是"神狂"和"道昧"，即六耳猕猴实际上是孙悟空心中恶念的化身，孙悟空最后打死六耳猕猴，就是彻底剿除了心魔欲鬼。故这一回的回前诗如是说：

灵台无物谓之清，寂寂全无一念生。

猿马牢收休放荡，精神谨慎莫峥嵘。

除六贼，悟三乘，万缘都罢自分明。

色邪永灭超真界，坐享西方极乐城。

"猿马牢收休放荡"，说得很清楚，要制伏"心猿意马"不让其"放荡"而为所欲为。"除六贼，悟三乘"，就是要用佛法禅理除灭眼、耳、鼻、舌、身、意产生的各种欲望之"六贼"，只有这样，心才能抵御住诸多诱惑，即"色邪"。

此"色"不是女色之色，而是"色不异空，空不异色"之"色"，即各种有形无形的外在世界。

后面真假孙悟空从天庭打到地府，从南海打到西天，在打往西天的途中，又有一首诗：

> 人有二心生祸灾，天涯海角致疑猜。
>
> 欲思宝马三公位，又忆金銮一品台。
>
> 南征北讨无休歇，东挡西除未定裁。
>
> 禅门须学无心诀，静养婴儿结圣胎。

"人有二心生祸灾"，非常明确地表出真假猴王的出现就是"心猿"之"二心"的交战，而"二心"的内容也无非是"三公位""一品台"等名利善恶的纷争。只有用"无心诀"也就是放下一切欲望追求才能铲除"二心"衍生的"祸灾"。按"东挡西除未定裁"传本多作"东挡西除未定哉"，其实

"哉"是"裁"的误抄误传,"无休歇"对仗"未定裁"也。明末遗民黄周星定本清代《西游证道书》中,五六两句则作:"北讨南征空扰攘,东驰西逐苦虺隤。"

如来看到真假猴王打来时,正宣讲佛法,说:"不有中有,不无中无。不色中色,不空中空。非有为有,非无为无。非色为色,非空为空。空即是空,色即是色。色无定色,色即是空。空无定空,空即是色。知空不空,知色不色。名为照了,始达妙音。"这段话主要采自道教经典《太上洞玄灵宝升玄消灾护命妙经》,当然也有佛教《心经》中"色不异空,空不异色"等说法的影响。《西游记》作者打破道教和佛教的畛域,借如来说法的情节艺术地表现真假猴王"二心搅乱大乾坤"的主题,可谓活学活用。

下一回开头,则是:"话表三藏遵菩萨教旨,收了行者,与八戒、沙僧剪断二心,锁𬶞猿马,同心戮力,赶奔西天。"非常清楚地表明,灭了六耳猕猴,其实是取经团队再一次

"剪断二心"内部整合的象征。

第八十七回"凤仙郡冒天止雨"之前，又有一阕词：

> 大道幽深，如何消息，说破鬼神惊骇。挟藏宇
> 宙，剖判玄光，真乐世间无赛。
> 灵鹫山前，宝珠拈出，明映五般光彩。照彻乾
> 坤，上下群生，知者寿同山海。

这阕词也是有来历的，乃全真教《鹤鸣馀音》卷二中冯尊师作《苏武慢·七》。为什么在这一回前面冒这样一段诗歌呢？它的作意是承前启后。承前，是承第八十五、八十六回，那两回的隐雾山、花豹精、樵夫，乃至"佛在灵山莫远求，灵山只在汝心头"那首诗，都有极强的隐喻意义，即在进入佛教圣地天竺国地界之前经历"黎明前的昏沉"，战胜蠢动的心魔，认清"心"的本质。此即所谓："大道幽深，如

何消息，说破鬼神惊骇。挟藏宇宙，剖判玄光，真乐世间无赛。"

而启后，则是第八十七回凤仙郡求雨的故事，揭示了善恶只在一念之间的大道理，尊重上天权威的大法则。在这一回，孙悟空这个曾经大闹天宫的造反者，已经完全变成了礼敬上天的守法者了。他本来上天找玉帝替久旱的凤仙郡求雨，以为小事一桩，玉皇大帝却让四大天师领着孙悟空去看鸡吃米山、狗吃面山和灯焰烧锁梃的三事，原来是对凤仙郡郡守曾经推倒供桌不敬上天的惩罚。这让孙悟空"大惊失色，再不敢启奏"。

后来在四大天师的点拨下，孙悟空回去让凤仙郡郡守带领全郡的人烧香念佛，礼敬上天，善念一回，米山、面山立刻倒塌，锁梃也断裂，于是苦旱三年的凤仙郡迎来了大雨滂沱。这是表现违逆上天则受罚敬畏上天才可生的"善恶"道理，而这才是"灵鹫山前，宝珠拈出，明映五般光彩。照彻乾坤，上下群生，知者寿同山海"的最高真理。在全民念佛而感动上天的雨水中，小说又郑重其事地写下四句："人心生一念，天地悉皆知。善恶若无报，乾坤必有私。"

这四句诗，在第八回曾经出现过。那是观音菩萨奉佛旨前往长安寻找取经人，路经五行山看到被压在山下的孙悟空，作诗感叹，后面就接这四句。这当然是说孙悟空大闹天宫欺心犯上，得到恶报。而到了第八十七回，孙悟空让凤仙郡守改过从善，礼敬上天，又重复这四句，遥作前后呼应，暗示的当然是孙悟空的思想转型成功：从逆天到顺天。

诗词之外，小说的回目也往往画龙点睛揭示隐喻之意，不过相对显豁而容易理解，前面的讲述中也有所涉及，我们就不多说了。《西游记》的"草蛇灰线"和"一击两鸣"，都是"心猿"最后变成"心灵"的艺术隐喻！

如果算上各种泛泛提及的小妖小怪，《西游记》里的妖魔鬼怪可谓成千上万而不计其数，但小说要表达的意思，却是要告诉我们，除了人自己的心思欲望，世界上并没有妖魔鬼怪。"万法唯心"，万事万物都不过是心的变现。心生，种种魔生；心灭，种种魔灭。心正，即成佛；心不正，即是魔。正如《观无量寿经》所说："是心作佛，是心是佛。"

世上本无妖魔怪，妖魔只在人心中。

华夏古历，丙申是猴年，而《西游记》的第一主角，乃一只猴子，早期英文版《西游记》书名，就是"Monkey"，直接翻译成"猴子"。李天飞先生"识时务者为俊杰"，于2016年2月18日，也就是华夏历丙申年元旦之日起，在自家的微信公众号"仙儿"上开讲西游，每日一讲，玉兔走金乌飞，转眼之间，到了2016年5月18日——丙申年四月十二日，已经完成了一百讲（后于2016年11月由陕西师范大学出版社出版《万万没想到：〈西游记〉可以这样读》）。李先生真不愧"天飞"神将也！

李先生在讲西游中以"贫道"自呼，讲

对仗，笔者就自诩"老僧"，后面行文，也就称李先生为李道长了，呵呵。话说老僧后知后觉，在李道长已经"天飞"了十几讲之后，才得知这一消息。从此"追踪蹑迹"阅读，并补阅了前面的十几讲。如此热衷，"因缘"是老僧也算一个《西游记》的研究者。早在上个世纪的1996年，写过一篇《自由的隐喻——〈西游记〉的一种解读》，后来被收入梅新林和崔小敬主编的《20世纪〈西游记〉研究》(文化艺术出版社2008年出版)，成了所谓《西游记》主题"自由说"的代表作。2012年11月，三晋出版社出版了老僧的评批本《西游记》。而2015年和2016年，《名作欣赏》上旬刊陆续发表了鉴赏《西游记》的几篇"经典探秘"文章。

有了以上背景，对李天飞道长的"讲西游"，自然就生起了"惺惺相惜"而欲"华山论剑"的兴趣。先谈初步的印象，李道长的"讲西游"，最大的佳胜之处，是文献的广泛搜检和深入发掘。李道长是古典文献专业出身的名校高才生，供职于高端出版社，早已做过校注《西游记》的大功课，中华书局 2014 年 10 月出版的"中华经典小说注释系列"之《西游记》，堪称超越此前各家注本之最详尽深入的校注本。有了这种雄厚的"资本"和"优势"，李道长讲起西游来，自然是蓄势待发厚积薄发而任意抒发，日作一讲却无匆促窘迫之态，优游裕如地寻根问源而说得头头是道。

李道长在其校注本《西游记》"前言"中如是说：

对于《西游记》注释的困难，在于它的知识体系极为广泛，不像文人诗词那么精致，基本从传世文献中就能找到答案。《西游记》涉及的知识，虽然每个部类都不深，却遍及经史子集四部及佛道二藏，甚至还得翻检宝卷、法律文书、建筑、壁画、雕塑等文献。通过注释，恰可以还原《西游记》的知识体系，同时也就是此书作者或作者群的知识面貌，从而把《西游记》还原到历史的一环去，尽可能反映出一个生动的明代社会。

旨哉斯言！老僧有评批、研讨《西游记》的经历，对此也颇有体会。虽然有了网络时代查寻资料的便捷途径，老僧知道李道长注解《西游记》，恐怕还是下了不少排沙简金的"笨"功夫，"三更灯火五更鸡"地熬过夜吧。即便有电脑检索的方便，但"上穷碧落下黄泉"，也得知道往哪里去寻觅啊（看到第一百讲，才知道校注《西游记》，李道长花费了九年的时光）。还有，李道长交代得明白，他的注解吸收了相当广泛的前人研究成果，而《西游记》的研究成果，到今天已蔚然可观"，要采择拣选"拿来"，其实也得做一番投入。

于是我们看到，李道长对《西游记》中的角色、情节、细节，甚至某个词语，一一都做了"还原"，娓娓道来而有根有据。

比如他说在《西游记》的早期故事中，其实沙和尚是二师兄，而猪八戒是三师弟，所以那一副沉重的取经担子，才会由最小的师弟担负到西天，比如昔日的朝鲜汉语教科书《朴通事谚解》中记录的一部元代《西游记》，唐僧三个徒弟的排序，猪八戒就排在沙和尚后面。再说取经故事的演变中，沙和尚本来就出现得早，《大唐三藏取经诗话》里已经有了猴行者和深沙神，却没有猪八戒的影子，要到元明时期的《西游记》杂剧，猪八戒才出了茅庐。明代定本《西游记》中猪八戒上升为二师兄，沙僧成了三师弟，但挑担子的角色却延续了历史情况。当然后来的连环画和电视剧中，是沙僧挑担子，但那是不符合小说文本描写的现代人改编。

　　更进一步，李道长考证，说猪八戒在浮屠山云栈洞时期入赘高老庄当上门女婿前，曾有个前妻卯二姐，其实应该是卯二姐，卯是卯的传抄之误。因为干支里面卯属兔，而猪属亥，这是根据星命术数，十二地支互有冲犯和合，其中亥、卯、未合五行金木水火土中的木。给亥猪骚八戒用干支配对，所以是卯二姐。

又比如第九十二讲，题目叫："玄奘法师一定要背个大登山包？"说的是我们在语文课本和电视片《大唐玄奘》中看到的玄奘的标准造型——像个驴友背着类似今天登山包的唐三藏，其实也是一种历史的误传误认。首先，唐玄奘法师去印度，其实像《西游记》里一样，大多数时间里一直是有马骑坐的，没有辛苦到自己背负登山包。其次，误传来自玄奘背负登山包的一幅流传久远的图像，其底本藏在日本东京的国立博物馆，而这幅图像其实只是画的一个僧人，并非唐玄奘！李道长旁征博引，出示了孙英刚《三藏法师像初探——一件珍贵的图像文献》、陆宗润《玄奘法师像非玄奘》、李翎《玄奘画像解读——特别关注其密教图像元素》等论文考证成果和各种文物图像，不局限于学术圈而是在广泛的社会层面澄清了一个普遍的误解，是功德一件。

　　能在一个细节里剥茧抽丝而扯出多多的学问，让读者眼前一亮道一声原来如此，这就是文献学的功夫了。但文献学素来有枯燥乏味的名声，到了李道长的笔下，却变得趣味盎然，这是李道长讲西游的另一个贡献，是真本事。李道长可不是死钻进文献里出不来的传统意义上的老学究，而是一位红颜绿鬓风华正茂的新潮青年才俊，甚至称得上是个倜傥风流的才子，不仅擅长书法丹青，而且能作美丽的诗词。如此这般的李道长，写文章遣词造句，就没有搞文献专业者常见的枯窘呆板状横秋老气状，不仅文从字顺、通俗易懂，而且颇能与时俱进，衔接上网络时代的"地气"而自如自在。看看他"讲西游"的题目：

　　装逼和牛逼——第一讲；好囧的弼马温——第四讲；哪吒你还能穿得再少点吗——第七讲；二郎神你为啥这么小鲜肉——第十讲；做营销，你未必做得过四海龙王——

第五十七讲；老鼠姑娘要出嫁，来了和尚就嫁给他——第八十四讲……

过去说言之无文则行而不远，但在今天这个网络时代，在相当程度上可讲究言之不俗则行而不远。只有俗——通俗易懂到生动甚至要有点"下贱"，才能博得广泛的受众青睐和赢得众多的粉丝啊。李道长深谙此理，把文（文献学问）和俗（通俗表达）相当成功地结合在一起，偏僻古奥的文献知识在活泼调侃的语言表述中，轻轻松松地揳入到众多读者的"脑洞"中了。

李道长"讲西游"中有不少篇幅，属于考证知识的普及。大体上是这样几类：关于道教和佛教以及民间信仰等传说在《西游记》中错综交缠情况的解析，比如第十六讲《玉帝的名字和太上老君的住处》，第二十五讲《轮回居然是这样的，佛祖你知道吗？》，第六十一讲《一张图告诉你什么叫"犯天条"》，第九十九讲中关于"5048"这个神秘数字中"潜藏的丹道知识"；有《西游记》成书过程中角色故事原型不断变迁演进的考察缕述，如第八讲《老娘才不想嫁给你》，第三十九讲《石磐陀，你在寻思什么？》，第四十三讲《起底镇元大仙》；有历史上各朝代特别是《西游记》成书的明代社会之时代背景知识的说明，如第九十讲《玉华州的明代经济史》，第九十四讲《一个吃货眼中的〈西游记〉》，第九十五讲《〈西游记〉里是怎样出警抓人的？》等。

　　这些讲述不仅普及了历史文化知识，还经常和当代的社会现象人生经验互相联系、映照，更增加了可读性。比如第八十一讲《盘丝洞的那点事》，在追溯了"盘丝洞是个永恒的故事"即"偷窥洗澡"乃源远流长的人性表现后，最后落实到了"恋爱那点事"："初心很重要，有些情侣是真心的，有些只是为了玩玩，有些贪图某种利益在一起……这些初始条件就完全不一样，不要小看这个初始条件，它决定了感情的基本走向；但是即便在一起了，也有许多边界条件，例如，能够忍受多久的异地恋，能够忍受多久的繁忙工作，手里的积蓄等等。感情需要各种条件，并不是说只要一片真心就一定不出问题。然而，作为初始条件的真心是最重要的！"曲终奏雅，归结到"正能量"，漂亮！

李道长的"讲西游"，澄清了一些网络上的"西游乱弹"。可能《西游记》的普泛性太强了，可能大家接触到的第一本中国古代文学作品就是这本书，它又是神魔小说，留出来的口子大，所以现在网上对《西游记》的"信口开河"几乎已经泛滥，成了一种独特的文化乱象。李道长讲西游，对某些胡诌乱侃的无根游谈具有正本清源的矫正作用。

突出的例子是第六十七讲《别上当了，孙悟空根本就没死在取经途中！》，网上有一种奇葩的说法，即所谓真假猴王故事中，被打死的那个，是真孙悟空，此后跟着唐僧取经到西天的那个，是六耳猕猴，这些都是如来的阴谋，是为了搞倒他的对手菩提祖师云云。李道长紧扣小说文本，条分缕析，逐条反驳"网上一些不靠谱的证据"，最后说："网上说'孙悟空其实已经死在取经途中'的梗，一是编造谣言，二是偷天换日，三是断章取义，连蒙带猜带造谣地骗人。骗的是什么人呢？就是那些既不读原著，也不读《封神演义》，只看电视剧的人。当然贫道相信，这个说法的本意只是娱乐，可是拿着这件事当真相，那就实在是太容易轻信了！"

但李道长对"真假猴王"却给出了这样的结论："贫道负责任地说，真假孙悟空去的那个西天雷音寺都是假的！或者说，那个如来都是假的，真的如来已经死了或被软禁了，现在这个如来是菩提祖师变的！"

李道长这样说的理路是：真假猴王打到西天时，如来佛正在讲经，讲到这一段："不有中有，不无中无。不色中色，不空中空。非有为有，非色为色，非空为空。空即是空，色即是色。色无定色，色即是空。空无定空，空即是色。知空不空，知色不色。名为照了，始达妙音。"而这段经文，"翻遍整个大藏经，一点影也找不到"，因为这一段根本就不是佛经，而出自道教经典《太上洞玄灵宝升玄消灾护命妙经》，是元始天尊说的。那么只有孙悟空的第一个师父菩提祖师贯通三教，佛理道法皆精，所谓"妙演三乘教，精微万法全。说一会道，讲一会禅，三家配合本如然"（《西游记》第二回），那么，推理的结果是："两位孙悟空打到西天的时候，那个宝座上的如来，恐怕就是菩提祖师变的！要不就是雷音寺被元始天尊占领了！"

当然，李道长颇会写文章，很快就声明这只是根据网上的奇葩逻辑也"戏说"一下，增加文章的趣味性。但这种戏说，也反映了李道长一个根本的学术立场，即《西游记》并不一定是扬佛抑道的"，而《西游记》的作者，其实对道教的经典比对佛教的经典更熟悉。应该说，李道长对《西游记》文本许多细节的考证，在相当程度上可以支持这种观点。但从这一认知基点，又"逗漏"出李道长进一层的学术认知和治学路向，老僧却要和李道长商榷切磋一番了。

在《西游记》校注本前言中，李道长交代了对《西游记》研究已有各种说法的认同，其中提到采纳了蔡铁鹰先生的"孙悟空""齐天大圣"为两个形象说。在一百篇"讲西游"中，更突出表现李道长认为《西游记》乃一部由两套故事系统"在元代的时候硬拧巴到一起去的"（第五讲：孙大圣和孙行者：我大闹天宫，你却到处被打爆）作品。在这一讲的结尾，李道长说：

孙悟空前后本领不一，完全是不同的作者、不同的观众出于不同的目的，加在他身上的命运。今天的《西游记》故事，就像一块一层层浇上的奶油蛋糕，它在几百年的流传中，至少叠加了三层：第一层，是最古老的，是一些宣扬佛教的故事；第二层，是后来全真教道士们为了讲内丹加入的；第三层，是另一些和民间信仰有关的人士加入的。其实还可能有第四层。……贫道这一百天为大家连载解读西游，其中一个目的，就是要用抽丝剥茧的方法，把这些层化掉的奶油，重新分出层来。把叠加在《西游记》里的这些层次，一个一个地择出来。还给大家一部清晰透彻的《西游记》。

应该说，李道长的许多考证做得不错，这也就是老僧为本讲所拟标题"拆碎七宝楼台"所意指的。李道长的"抽丝剥茧""分出层"，就是把《西游记》这座七宝楼台一片片拆下来，"择出来"，显示出每一段楼台的原始真相。"拆碎七宝楼台"的说法，来自南宋词人张炎在《词源》中评同代词人吴文英词："吴梦窗词，如七宝楼台，眩人眼目，碎拆下来，不成片段。"老僧用此典，是想说，李道长把《西游记》的"七宝楼台"拆碎的结果，有时就难以避免"不成片段"（用当代的说法，就是"一地鸡毛"）的尴尬。

一个显著的因果，是李道长否认了《西游记》具有"一个中心思想"的认知。在校注本《西游记》的前言中，李道长夫子自道："笔者既不强作解人，也不勉为折中，而是本着'多研究些问题，少谈些主义'的态度，老老实实地先作文本上的解读，这样，虽然提不出一套像样的理论，但是至少会使读者理解《西游记》时，不致在一些基本问题上出现偏差。我们知道，一部伟大的著作，总会在不同的时代、不同的人心中产生不同的回响；但自来也不曾听说，哪部经典一定就能被人轻易概括出了无可移易而类似标准答案的'中心思想'。"

这里面有两个层面的吊诡。第一个吊诡来自西方文艺理论，即所谓"接受美学"的不确定性，也就是"不同的时代、不同的人"会对同一部作品产生不同的"读者反应批评"（后来又发展为"读者导向批评"，见赵勇等翻译查尔斯·E. 布莱斯勒《文学批评——理论与实践导论》第五版，中国人民大学出版社 2015 年出版）。既然时代的差异、个体的差异，将使作品的"主旨"或者"中心思想"不断发生变化，自然也就不可能有"标准答案"。

第二个吊诡，则特别是像《西游记》这样经历了好几百年时代累积型演变的古代小说，作者无法确定，那个最终的写定者的身份角色不明朗，就更容易因"妾身未分明"而被李道长这样的研究者"分层""祛魅"了。

这是老僧不能苟同李道长的两个关键之点。

关于接受美学，老僧早在研讨《红楼梦》的论著中就说过，需要一点辩证法，而不能过于绝对化。也就是说，在相当程度上，作者的"原意"、原著的"本旨"，还是具有相当的客观性的，可以"还原"和追索，不能把所谓"一千个读者有一千个哈姆雷特"弄成绝对的相对主义。作者固然不是上帝，读者也同样不能独尊，而要兼顾两方面。把相对主义绝对化，同样捉襟见肘。也就是说，不管各朝各代的读者如何受自己那个时代的思潮和自己独特个性的影响，而对《西游记》有各自的角度和创见，《西游记》文本仍然存在一种原始的基本的"中心思想"和"艺术特质"，客观的读者和研究者仍然可以在相当程度上予以"还原"。而这实际上也就是对作品之"思想性"和"艺术性"的深度揭示。

《西游记》有漫长的成书演变过程，从玄奘口述辩机记录的《大唐西域记》，以及慧立、彦悰撰写的《大唐大慈恩寺三藏法师传》，到北宋年间的《大唐三藏取经诗话》，再到元代人《西游记平话》（明初《永乐大典》与朝鲜汉语教科书《朴通事谚解》中各存一段）、金院本《唐三藏》和元人吴昌龄《唐三藏西天取经》杂剧（此二种仅见著录，文本已佚，吴昌龄剧本有残文）、元末明初杨景贤的《西游记》杂剧，一路演变丰富发展，到明代百回本《西游记》乃最后横空出世。这些也就是李道长深入其间而"择出来""分出层"

的最基本材料。当然李道长的内功更加深厚，还从宝卷、法律文书、建筑、壁画、雕塑等文献中旁搜广觅，集腋成裘，而完成其拆碎七宝楼台"还原历史真相"的工作。

但李道长似乎过于沉迷"拆碎"和"还原历史"的过程，似乎忽略了最后的定本百回本《西游记》，其实是有一位大才子做了创造性的"整合"工作。可以这样说，尽管可能的确有全真教道士和民间信仰人士给西游故事添过砖加过瓦，但有一位大才子的匠心独运最后成书才是最关键的。从这种意义上，这位大才子完全可以说是《西游记》的作者。

至于这位大才子是谁，在这一点上，老僧和许多西游研究者取相同立场，他并不一定是吴承恩，现在只能说是一位无名氏。

但这位无名氏的工作具有原创意义，基本上决定和规范了《西游记》的"中心思想"和"艺术特质"。

老僧的这种认知立场，就和李道长大异其趣了。老僧的评批本《西游记》和"经典探秘"那几篇文章，其主体内容就是揭示这位《西游记》最后写定者的灵心慧性，他所赋予《西游记》的"中心思想"和"艺术特质"。在这种视野下，之前为取经故事添加砖瓦的全真道人和民间信仰人士们，只是为这位写定者准备了某些原料而已。是这位兼有李道长才气和老僧灵感的天才作家利用了前人提供的"片段"材料，发挥大智慧施展大本领，创建起辉煌的七宝楼台——珠宫贝阙。定本《西游记》，完全是这位无名大才士的原创性贡献！

这位大才士，这位《西游记》的写定者，更值得我们仰视赞叹，他所创建的七宝楼台——珠宫贝阙定本《西游记》，其间有无限的神秘瑰丽，更值得我们去探索、去研究。也就是说《西游记》其实含蕴着深刻的中心思想和卓越的艺术特质，更值得关注和研讨。

由此引申，还可以深入一点理论视野的思考。就是"四大奇书"和后来的《红楼梦》《儒林外史》，甚至包括之前的《封神演义》，其实是不能与其他明清通俗小说等量齐观的。这几部书，已经不是一般意义上的明清通俗小说，而是文学经典。之所以成了经典，就在于其中已经蕴含了深刻的文化、思想，具有自觉的高超艺术，而之所以达到如此水平，乃在于这几部书，都有某位天才级别的大才士对之作了决定性的"升华"，大才士完全可以说是书的作者。

尽管撰写这几部经典的大才士作者姓甚名谁，除了吴敬梓和曹雪芹，其他都充满了学术争议而不能十分确定（《红楼梦》作者之各种异说大多属于非学术炒作）。但是，这几部小说已经上升为具有"哲学"和"艺术"质量的高级结晶体，则确定无疑，因而对于其"时代累积型演变"原始形态的"还原"就要把握分寸，过了头，就成了"摘玉毁珠"和"焚花散麝"。美国汉学家浦安迪（Andrew H.Plaks）先生的《中国叙事学》《明代小说四大奇书》，就比较深入地探索了"四大奇书"的金质玉相。多年以前，周汝昌先生就曾撰文，对浦安迪的主张大加赞扬，认为其提出的"奇书文体"之理论概念意义深远，认为这样就把几大经典名著与一般的明清通俗小说严格区别开来。

明人不说暗话，老僧不苟同有坚持的基本立场是：不能认同"孙悟空""齐天大圣"为两个形象的说法，不能认同《西游记》乃一部由两套故事系统"在元代的时候硬拧巴到一起去的"说法。即使这个阶段在早期的取经故事演变中确实一度存在过，也是"弱弱的"，经过了天才写定者的整合创作，孙悟空和齐天大圣已经完全合二为一，成为一个并无矛盾而是充满了哲理内涵和审美意蕴的不朽艺术形象了。"两个故事系统""两个孙悟空"早已契合（不是"拧巴"）圆融，无论情节逻辑、性格逻辑、审美逻辑，都实现了质的飞跃，成了和谐圆融的艺术珍品，绝非粗枝大叶拼合因而自相矛盾的积木毛坯。

老僧所写《孙悟空本领的大小之谜——〈西游记〉经典探秘之一》(《名作欣赏》上旬刊 2015 年第 7 期，其微信公众号题目为"取经路上，孙悟空的本领变小了吗")就揭示了孙悟空从石猴到美猴王到弼马温到齐天大圣到孙行者到斗战胜佛变迁过程的思想密码和艺术密码。把老僧这篇文章和李道长的《孙大圣和孙行者：我大闹天宫，你却到处被打爆》对照阅读，其间的"张力"不是满满的吗？

　　老僧所写的《天路历程之谜——〈西游记〉经典探秘之二》(《名作欣赏》上旬刊 2015 年第 9 期，其微信公众号题目为"通天河：作为西天取经中点的意义)、《心路历程之谜——〈西游记〉经典探秘之三》(《名作欣赏》上旬刊 2015 年第 10 期，其微信公众号题目为"《西游记》探秘：孙悟空心路历程之谜")、《女妖怪的隐喻——〈西游记〉经典探秘之四》(《名作欣赏》上旬刊 2016 年第 2 期，其微信公众号题目为"《西游记》经典探秘：女妖怪的隐喻")、《草蛇灰线，一击两鸣——〈西游记〉经典探秘之五》（《名作欣赏》上旬刊2016年第3期，其微信公众号题目为"《西游记》里'桃子'和'诗词'的隐喻"），这些揭示定本《西游记》思想和艺术奥秘的文章，和李道长对取经故事"择出来""分出层"的各集"讲西游"对照阅读，也将产生分外生动的"碰撞"而又"磨合"之美。

举一个例子。李道长在第四十五讲《白骨精的罗生门》中，回顾了一打白骨精、二打白骨精、三打白骨精的情节描写后，以"怎样对待证据""火眼金睛并没有被证实过""唐僧何时成了人妖不分的代名词""束缚暴力的紧箍咒"为小标题作了讨论，最后说："到底是谁更有破坏的力量？到底是谁更应该受到约束？到底是谁更应该多被苛责？但是，可不可以把孙悟空赶走？赶走的结果是什么？这个故事，太深了！新中国成立后的几十年里，我们听惯了对紧箍咒的批判，听惯了对唐僧的丑化。我们一定要清楚，谁是唐僧？谁是孙悟空？谁是主人公？谁是伺候主人公的徒弟？紧箍咒是给谁用的？谁掌握着任意杀人的武力？谁掌握着把孙悟空赶走还是留下的权力？另外，谁承担把孙悟空赶走的后果？有许多朋友在这些定位上，恰恰是颠倒的（这个问题，明清的评点家们，认识得比今天人清楚多了）！所以，还在为孙悟空抱屈吗！老僧担心的是，假如这种批判、这种丑化、这种定位的颠倒，成为我们大众共识的时候；假如我们还觉得自己是被紧箍咒束缚了的时候，那就是离取经失败不远了！"

如果把老僧考论三打白骨精其实是"斩三尸"和"修白骨观"的隐喻，紧箍咒其实是"定心真言"，以及郭沫若和毛泽东唱和"三打白骨精"七律诗其间隐藏的历史烟云揭秘等文章（分别见老僧几篇"经典探秘"及评批本《西游记》），与李道长的讲论和感慨联系对照阅读，是不是会激发出读者更深层次的思考，而进一步对《西游记》生高山仰止之心意呢？

又比如前面提到的李道长对"真假猴王"故事的"八"（网络语言，即"扒"——分析），如果参照阅读老僧关于"神狂诛草寇，道昧放心猿"到"二心搅乱大乾坤"的一系列解析，关于菩提祖师乃"心"的象征而非须菩提，更与道教偷抢了佛教位置无关，而正体现《西游记》写定者融会贯通儒、佛、道三教义理和智慧，"究天人之际，通古今之变"的大审美大情怀大境界，是不是对读者更有启发呢？

此外，如李道长第三十七讲《虎先锋：你看我的脸》，与老僧对唐僧初上取经途路即接二连三遭遇几次"虎难"的分析；李道长第六十五讲《金刚琢到底是什么》，与老僧对取经路途后一半一开始即遭遇老君青牛精作怪，金刚琢的"圈子"隐喻之分析；李道长第七十六讲《四位树精，诗写成这样就别出来混了》，与老僧对"木仙庵谈诗""小西天"两个故事乃"文字障"和"学术障"之隐喻的分析；特别是李道长第八十六讲《瞌睡虫和豹子精的秘密》，与老僧有关"分瓣梅花计"和"佛在灵山莫远求，灵山只在汝心头"等的分析，把这些相互参照阅读，或对读者能产生启沃提撕（此四字乃老话，即今所谓"启发"）更上层楼之功效。

我们还需要深入体会《西游记》写定者的审美气质和艺术匠心，特别是那种自由和自娱的创作心态，也就是明清评点家经常提到的"趣"字。如果对此缺乏感觉，就会把作家有意为之的调侃幽默妙趣横生用表面的形式逻辑切割"挑错"，而发现一些"不合理"并归之于"成书过程"的痕迹，实际上却是一种"误读"。李道长"讲西游"中，对此似乎注意不够。如说"孙悟空火眼金睛辨识率还没及格"（第四十六讲），比较孙悟空和妖道谁更能招来龙王降雨（第六十讲），褒贬木仙庵的树妖们写的诗是否真有水平（第七十六讲）等，就未免太较真了，神魔小说的游戏笔墨是不能用"现实主义"文学理论来规范的。而且，表面上的"不合理"，往往隐藏着"大道理"，如孙悟空火眼金睛的辨识率问题，其实隐喻着

"心猿"与"心灵"之"一念之间，仙凡自异"的微妙作意。当然，李道长追根溯源旁征博引的许多"八"，是趣味满满的，大大娱乐了读者，这里也不过是求全责备而已。

《西游记》第八十七回开头有云："大道幽深，如何消息，说破鬼神惊骇。"给读者一个建议：把李道长的注解本《西游记》与老僧的评批本《西游记》并置案头，把李道长的"西游百讲"与老僧的"经典探秘"一体同观，或可节省些性命精力而曲径通幽有所收获。说到底，李道长的考证，与老僧的悟证和论证，彼此参照，互相生发，于《西游记》"思想""艺术""文化""历史"其奥妙精微之显示发扬，各有其作用功能，老僧与李道长僧道携手，或可彰显这部伟大文学名著几分清明否？

考证、论证、悟证，也就是考据、义理、辞章，也就是文献、思想、艺术，也就是史、哲、文，也就是真、善、美。一切概念名相，不过是为了心灵的澄明。《西游记》从

"心猿意马"到"猿熟马驯"的故事，西天取经十万八千里九九八十一难，说到底，是对因果纠结生死流转的求解，是自由的悖论、青春的悖论、人生的悖论、人性的悖论、历史的悖论、文化的悖论、儒佛道的悖论、存在的悖论、宇宙的悖论，也是史、哲、文和真、善、美的悖论。悖论晃晃身，其实就是互补。呵呵！

李道长的"讲西游"，有两段特别让老僧感动。一段是第二讲"真的能长生不老吗"其中说：

宗教家们的伟大之处，并不在于他们为我们创造了多少伟岸的偶像，多少富丽的寺院，这偶像、这寺院，是为了培养人们的坚信——这项人类的专属福利的。他们一直为人类谋求着一种救拔之道。企图在人类现有的技术条件下，在生时避免烦恼的困扰，在临终摆脱死亡的折磨。我们实在不应该咒骂他们为骗子和别有用心的人，我们当然有权利不接受这一派或那一派的教义，但是，至少，我们应该报之以深沉的敬意！

另一段是第九十六讲"灵山上都有什么"其中说：

我们看《西游记》，如果抱着斗争的成见去看，肯定处处看到的都是斗争。但是如果抱着平等、合作的眼光去看，其实反倒更多能看出佛道的融合。因为这种仙佛同源、佛道合一的思想，正是明代人所特别崇尚的。明代民间并没有我们想象的那么激烈的佛道斗争，反倒是大家都认为：修仙和修佛其实是一回事。其实这种思想，凡是通达的人物都能意识到。

就凭这两段，老僧就与李道长谬托忘年交的知己了。

正是：

西游论妙慕天飞，大悟大玩怀大悲。

渺渺茫茫僧道去，傲来国仰月新眉。

图书在版编目（CIP）数据

一看就明白的《西游记》/ 梁归智著. -- 北京：作家
出版社，2024.7

ISBN 978-7-5212-2918-9

Ⅰ. Ⅰ207.414

中国国家版本馆 CIP 数据核字第 2024QH8475 号

一看就明白的《西游记》

作　　者：梁归智
责任编辑：单文怡
装帧设计：书游记
插画支持：北溟有风
内文插画：钟乐源
出版发行：作家出版社有限公司
社　　址：北京农展馆南里 10 号　　　邮　　编：100125
电话传真：86-10-65067186（发行中心及邮购部）
　　　　　86-10-65004079（总编室）
E-mail:zuojia@zuojia.net.cn
http://www.zuojiachubanshe.com
印　　刷：北京博海升彩色印刷有限公司
成品尺寸：140×160
字　　数：73 千
印　　张：4
版　　次：2024 年 7 月第 1 版
印　　次：2024 年 7 月第 1 次印刷
ISBN 978-7-5212-2918-9
定　　价：32.00 元